科學破案少女 重案版3

Science × Detective

推理倒數計時中

陳偉民——著

LONLON——繪

作者序

想起彼當時

《大家來破案》專欄前後共集結出版了六本書，最後兩本以《科學破案少女》爲名，插畫風格活潑，令人耳目一新，幼獅出版社決定將前四本改版，修訂成科學破案少女的風格，重新出版。

這對我來說，當然是個好消息，便將舊的書稿重新拿出來回味一番。因是多年舊稿，閱讀之際，前塵往事一一浮現，彷彿又把自己人生中最輝煌的日子又活了一遍。我不禁思考，如果沒有走上科普寫作這條路，我會擁有什麼樣的人生？我不知道，但是那就不是我了。

我自幼愛讀書，有書就讀，不加篩選。國中時，舅舅家有三民書局的叢書，我暑假去，從第一本讀起，一個暑假可讀幾十冊。後來外公從事資源回收，收到的舊書，我也是搶先看。當時也不知爲什麼要看這些雜七雜八的書，就只是愛看而已，

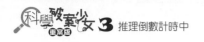

但是日後這些看似不相干的內容，自己發生化學變化，形塑了我。

擔任國中教師時，有個電視影集叫「百戰天龍馬蓋先」，用科學知識化險爲夷，深受學生喜愛，因此學生常要我在課堂上講解其中原理。別班學生得知後，也在走廊「堵」我，因爲他們的老師不但不肯講解，還要他們少看電視。我被學生包圍的畫面看在國文科林繼生老師（後來擔任武陵高中校長，現爲六和高中校長）眼裡，便要我把講解的內容寫出來，刊登在他主編的《青年世紀》。我不肯寫現有的東西，我要自己創作一系列用科學解決困境的故事，就這樣走上了科普寫作之路。

前述專欄的文章，後來經林繼生老師引介，由幼獅公司出版，名爲《智多星出擊I、II》，這是我與幼獅公司結緣的開始。

因爲這兩本書的出版，引起當時臺北市中山國中周麗玉校長的注意，邀我加入國立編譯館的教科書編寫團隊，參與理化課本的撰寫。初稿完成之後，接受各界專家批評，其中吳嘉麗教授即指出，書中所有科學家均爲男性，連插圖中之教師與學生亦爲男性，如此書籍將給予女生錯誤觀念，以爲科學是男生的專利。我雖自認沒有重男輕女的觀念，然而檢視全書，確實如吳教授所言，完全是男性觀點。於是痛改前非，在課本第一頁就放女科學家吳健雄博士的照片，並介紹其成就。同時找來國中女生，重拍所有實驗照片，最後讓全書中女性出現的次數略多於男生。

後來動畫《名偵探柯南》大受歡迎，我體認到偵探故事可以是介紹科學的媒介，因而開設「大家來破案」專欄，同時放棄老男人，改以高中女生爲主角，明雪就這樣誕生了。

如果各篇文章以寫作時間排序，可以看出早期的章篇，如《靈光乍現的線索》中的案件一〈池畔屍體旁的白色沉澱〉、案件二〈火災廢墟中的發光痕跡〉、案件三〈染血的白色舞衣〉等篇都涉及命案。因而有人質疑「給小孩子看的文章，出現那麼多屍體好嗎？」所以後期的作品就放下屠刀，留給裡面的角色一條生路，就算被刺殺，也都救得活。有時我還滿羨慕柯南，他幾乎每一集都可以說：「凶手就在我們之中」。

明雪的父親是化學老師，明雪和明安分別是高中生及小學生，所以故事中多次提及教學現場與實驗活動，目的是提供破案的背景知識。那些場景大多眞實發生在我的學生身上，例如前述「池畔屍體旁的白色沉澱」案件中，描寫明雪配製硝酸銀溶液，未戴手套，未用蒸餾水，而是使用自來水，結果手上出現一大塊汙漬，而且配出來的溶液混濁，必須重配。這都是我在高中擔任化學老師時眞實發生的事，我服務的學校，實驗室裡並沒有職工代老師配製實驗用藥品，老師忙不過來的情況，只好找學生幫忙，誰知學生偷懶，未照老師叮囑去做，才會出現又好氣又好笑的情況。現在重讀此篇，雖然已經是大約二十年前發生的事，卻仍歷歷在目，該名學生的面容表情，我都還清晰記得。

我想，這就是寫作者的特權吧！他可以把人生中的某一刻凝鑄成永遠。

陳偉民 謹識

二〇二三年八月三十日

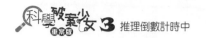

人物介紹

明雪

高中女生，喜歡科學，是學校化學研習社的社長。經常用科學知識協助警方辦案，希望將來長大後能成為法醫或鑑識專家。

明安

小學生，喜歡打棒球，愛吃鬼。觀察力強，認識各種廠牌的汽車，經常利用敏銳的觀察力提供警方破案線索。

李雄

刑事組長，體格壯碩，和陳義志是同學。重視明雪和明安的意見，經常因此破案。

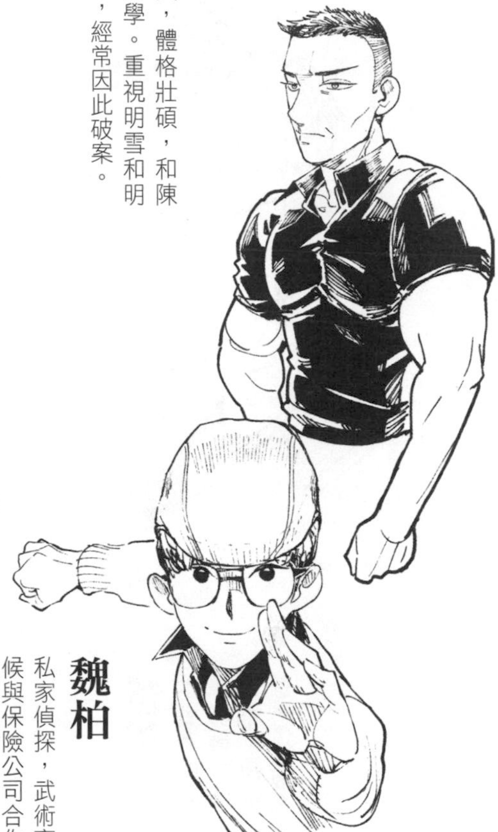

魏柏

私家偵探，武術高手，有時候與保險公司合作，偵辦詐領保險金案件。

張倩

鑑識專家，配合李雄辦案。經常提供鑑識專業知識供明雪參考，有時也會讓明雪動手做一些簡單的檢驗工作。

媽媽

在銀行上班的職業婦女，對辦案沒興趣，只希望全家人平安。

爸爸

本名為陳義志，高中化學老師。明雪在辦案過程中，如果有化學問題，會向爸爸請教。

歐麗拉

明安的同學。臺美混血兒，父親為臺灣人，母親為美國人。本來居住美國，因父親返臺經商而隨之回臺灣。父親在商場競爭，得罪不少人，因此多次陷入險境。

黃惠寧

明雪的同學。粗線條之大姐大，擔任班長，常率領班上同學出遊，凡事衝第一，愛表現，也常鬧出令人啼笑皆非的笑話。

賴奇錚

明雪的同學。父親曾為將軍，退役後經商，現已退休。奇錚本人為大近視眼，沉迷網路，因而多次惹上麻煩。不過，與同學出遊時，會挺身而出，保護女生。

目錄

作者序 想起彼當時 2
案件1 遇水加熱保險詐領 12
案件2 暗夜閃爍的求救信號 31
案件3 虛擬寶物搶奪事件 51
案件4 超音波殺機 68
案件5 驚爆炸裂復仇 85
案件6 被搶的鈷藍天空 101
案件7 海邊漂浮女屍 118
案件8 走味的致命紅酒 135
案件9 鄉間小物失竊事件 152

案件10 私闖民宅冰爆案 169
案件11 變「鉋」的假藥危害 186
案件12 「啡」法藥物製造 201
案件13 「砷」入暴斃之冤 217
案件14 混濁與澄清的詐騙術 232
案件15 曼陀羅之毒 249

案件 1

遇水加熱保險詐領

下課時間，同學們都在討論昨天電視上的新聞：

某名江湖術士將一疊金紙放在手中，喃喃念過咒語後再丟進水盆，神奇的事情就此發生——被水浸溼的金紙竟起火燃燒！記者報導，這名男子宣稱擁有法術，使他主持的神壇香火鼎盛，因此賺了不少香油錢。

「事實擺在眼前，由不得你們不信！水是用來滅火的，但他竟能由水引發火，真是太神奇了！」部分同學相信這位法師真的有法術。

有人抱持反對態度，「拜託，都什麼時代了，還信這一套？他肯定動了手腳，只是我們不知道在哪裡罷了……嗯，說不定那盆根本不是水，或者金紙是特製的！」

惠寧扯了扯明雪的衣袖，「這則新聞妳看了嗎？」

明雪搖搖頭。

惠寧興奮的說：「我有看過，真的很神奇！但我不相信那是法術。妳覺得哪裡被動了手腳？」

明雪苦笑說：「我根本沒親眼看過，怎麼會知道？不如下一堂化學課問問老師吧！」

上課時，老師聽完大家的問題後，笑了一笑，「這個法術我也會，你們等我一下！」接著他就離開教室。

同學們面面相覷：「老師也會施法？」

幾分鐘後，老師端著塑膠盆走進教室，裡頭裝了些實驗器材。他把塑膠盆放在講桌，戴好安全眼鏡和手套後，便拿起其中一個玻璃瓶，要全班同學注意看。

明雪注意到瓶裡是透明油狀的液體，其中還浸泡著幾顆灰色固體。

老師補充：「這裡面的固體是鈉，它的活性很大，在空氣中會迅速氧化，所以書本上都說鈉要儲存在石油中——其實就是煤油啦！因為煤油是石油的成分之一。」

「為了避免等一下有人懷疑這個法術，誤認我在水裡動手腳，所以請明雪去拿水。她總不會騙你們吧？」接著，老師拿起空杯子，要明雪去裝半杯自來水。

等明雪回來後，老師要她把水放在講桌上，接著抽出一張濾紙，「因為鈉的表面沾滿煤油，所以我們要用濾紙吸乾煤油。」老師打開裝鈉的小瓶子，用鑷子夾起油裡的固體，放在濾紙上。

「你們看，它目前呈現灰色，那是和空氣中的氧反應的結果。我用小刀把氧化物去除，讓你們看看它本來的面貌。」老師熟練的切下一小塊鈉，約莫只有綠豆般大小，再削掉表面的薄層。大家驚訝的發現，鈉的顏色不再灰濛濛的，而是

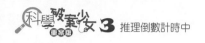

具有金屬光澤的銀白色。

老師接著說明：「現在我得馬上進行實驗，否則鈉又會與氧化合，恢復成灰色。」他迅速將鈉丟到水中，只見它在水面不停打轉，先是冒出一點煙，然後出現火焰，隨著鈉在水面移動，火焰也跟著跑，直到鈉作用完畢而消失，火焰才跟著不見。

看到老師和電視上的術士一樣，不靠火柴或打火機就能在水面變出火來，同學不禁興奮的鼓掌。

老師笑著回應：「我比他還厲害，連咒語都不必念，就能從水裡變出火來！明雪，妳是化學小老師，妳可以解釋法師是在哪裡動手腳嗎？」

明雪思索了一會兒：「我想，他是把鈉藏在金紙裡，當金紙被放入水中時，水與鈉發生反應後就起火燃燒，引燃一部分尚未浸溼的金紙。」

老師點點頭，「完全正確。老師再問妳，妳國中時有做過鈉與水的實驗嗎？」

明雪遲疑片刻說：「沒有，只有在課本上看過照片。」班上同學全都附和的點點頭。

老師笑嘆一口氣：「因為這個實驗很危險，只要鈉粒像花生那麼大，就可能引起爆炸，所以不敢讓國中生進行實驗。但我很訝異，既然你們都看過相關照片，怎麼沒人將術士的把戲跟學過的化學知識聯想起來呢？」

明雪低下頭暗自反省，這麼簡單的手法，自己怎麼沒想到？

老師又拿出外型像眼藥瓶的小瓶子，裡頭裝著透明無色的液體，「這是酚酞指示劑，它在酸性和中性的溶液裡都呈現無色，只有遇到鹼才會變成紅色。」接著，他加了兩滴酚酞到化學反應完成的那杯水中，果然呈現鮮豔的粉紅色。

「鈉與水反應時，除了產生可燃的氫氣，還有鹼性的氫氧化鈉。」老師補充。

生性頑皮的惠寧又動起歪腦筋：「老師，可不可以請你使用大顆一點的鈉，讓我們見識見識它在水上爆炸的情形？」

老師嚴聲拒絕：「不行！要做這麼危險的實驗，得有萬全的安全措施，不能在一般教室進行。好啦！這個實驗就到此為止。因為老師下課時要趕到教務處領取高三的模擬考卷，明雪，等一下妳幫我把這些實驗器材拿回設備組歸還。」

明雪點點頭，惠寧則熱心的說：「我幫妳。」

老師不放心的叮嚀了一句：「鈉很危險，一定要立刻送回去。」看著明雪和惠寧乖巧的應了一聲，他才開始上課。

⧗ ⧗ ⧗ ⧗ ⧗

下課時，明雪小心的端著塑膠盆往設備組走，惠寧跟在她身旁。經過辦公室時，導師正巧看見她們經過，便走到門口叫住明雪，明雪只好把塑膠盆交給惠寧，跟著導師走進辦公室。

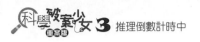

仔細記住導師交代她明天下午大掃除要注意的事項後，明雪便快步走出辦公室，繼續跟惠寧一起往設備組前進。

待歸還所有器具，離開設備組之前，她還回頭看了一眼裝器材的塑膠盒——幸好鈉還在。當調皮的惠寧自告奮勇要陪她歸還器材時，她還擔心惠寧是不是想偷走那瓶鈉，自行試驗它的爆炸威力。原來自己誤會她了！

放學時，明雪和惠寧有說有笑的步出校門，驀然發現魏柏的身影。

「嗨！魏大哥，你怎麼站在這兒？」明雪出聲詢問，接著為惠寧和魏柏介紹彼此。

待打過招呼後，魏柏露出苦笑說：「我是專程來找妳的。」

「喔？有什麼事嗎？」明雪感受到一絲不尋常的氣息。

「是這樣的啦……」魏柏尷尬搔頭，「妳知道，我跟一家保險公司簽訂合約，負責調查理賠事件。近來有一間知名園藝連鎖店，兩年內四家分店被燒燬，讓保險公司賠了不少錢，最近一次火災還在前天發生。雖然知道事有蹊蹺，但他們找不到人為縱火的證據，我接手後也沒有頭緒……上次妳不是幫我解決電器行火災的案件嗎？（《科學破案少女〔重案版〕2無所遁形的實證》中〈案件二、1萬5千赫茲高頻詐保案〉）所以我才想請妳去現場看看。」

聽到又有挑戰，明雪躍躍欲試：「我是千百萬個願意啦！但我得先跟媽媽說一聲，還有我同學……」

她的應允讓魏柏臉上的陰霾一掃而空：「別擔心！我剛剛已經打電話跟伯母說過了，她要妳別太晚回家就好。」

古靈精怪的惠寧也興致勃勃：「安啦！我不急著回家。」

待惠寧打電話取得父母同意後，魏柏提議：「我們先到園藝店創辦人——程家霖正常營業的其他分店看看吧！」

明雪和惠寧互看一眼，士氣高昂的坐上魏柏的車。

程家霖的店販賣盆栽和園藝材料，店鋪中央擺放著各式各樣的花草植物，為保持植物翠綠，上方裝有定時澆灌的水管。靠牆處則有許多園藝用品，包含花盆、肥料、蛇木等。

明雪仔細查看每項商品，園藝店店員親切的詢問她想買什麼？明雪只是笑笑的擺了擺手。

走出店門後，明雪說：「現在到前天燒燬的店去看看吧！」其他兩人點頭表示贊成。

經過幾十分鐘的車程，三人來到火災現場。四面牆已燒得焦黑，園藝用具也面目全非，眼前景象一片狼藉，只有店中央的花草植物堪稱完好。

「魏大哥，起火點在哪兒？」明雪逛繞一圈後，出聲詢問。

魏柏指著牆角一團焦黑難辨的物體說：「就是這個捕蚊燈。鑑識人員發現以它為中心，屋裡的物品都向外倒，因此懷疑曾發生爆炸，但沒查到炸藥殘跡。」

明雪又問：「程家霖本人有不在場證明嗎？」

魏柏翻了翻筆記，「有，因為他的分店很多，每天都會輪流巡視。火災發生當天，程家霖正好到這一家分店，打烊時他讓店員先下班，自己最後才離開。據他供稱，鎖完店門後他搭公車轉乘捷運回家。警方調查發現，火災是在程家霖離開一小時後發生，他正好在捷運站，有監視器畫面為證。」

明雪蹲下去仔細觀察，又步至花草盆栽區檢視。她注意到地上有一坨白色泥漿，抬頭一看，上面正好是澆花水管的出水口。

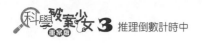

耐不住性子的惠寧大聲嚷嚷：「明雪，妳在看什麼？」

明雪解釋：「妳看，上面是出水口，這裡卻有白色泥漿……」

反覆念了幾次「水、爆炸」之後，惠寧突然興奮的大叫：「我知道了！程家霖把鈉放在地上，等灑水時鈉就自動引爆啦！明雪，我這次比妳早破案！哈！」

明雪皺起眉頭說：「有點不對勁，地上的白色泥漿……」

「誰說不對？我證明給妳看！」惠寧從書包裡拿出狀似眼藥瓶的瓶子，在白色泥漿上擠出幾滴液體，結果立刻呈現粉紅色，「妳看，是鹼性，是鈉沒錯！」

看到惠寧「舉證」的工具，明雪又好氣又好笑：「早上我就覺得妳那麼熱心陪我去還器材，肯定別有用心。妳果然偷拿實驗器材……還好，我本來擔心妳會拿走鈉。」

「不要說『偷』嘛，多難聽啊！我只是看酚酞遇到鹼性物質會變成漂亮的粉紅色，所以想拿一些出來玩玩。鈉太危險了，我才沒那麼笨呢！萬一它在我書包裡爆炸，那可不是鬧著玩的。」惠寧依舊嘻皮笑臉。

眼看兩人你來我往，魏柏舉起雙手制止：「妳們先等一等。剛剛惠寧說的，就是程家霖的縱火手法嗎？」

……
明雪，妳在看什麼？
妳看。上面是出水口，這裡卻有白色泥漿……
水、爆炸……水、爆炸……
我知道了！
明雪，我這次會比妳早破案！哈！

惠寧點點頭，但明雪仍持反對意見：「她的推論有誤。」

「為什麼？」惠寧很不服氣。

明雪娓娓道來：「首先，早上老師實驗完畢後，杯子裡有白色泥漿嗎？」

惠寧想了想：「好像沒有，杯子裡的水還是透明的。」

「其次，如果是用水引發鈉爆炸，起火點會在出水口下方，而非牆角的捕蚊燈。你們想想，四周的牆壁都燒黑了，為何這些花草沒事？這表示火災發生時，澆花的水管正在灑水，所以起火點必定不在這裡。」

惠寧一下子洩了氣，「好吧，那為什麼這堆白色泥漿會呈鹼性呢？」

明雪噗哧一聲笑了出來，「鹼性的東西那麼多，妳怎麼知道它必定是氫氧化鈉呢？魏大哥，鑑識人員曾檢驗這堆白色泥漿嗎？」

「有，程家霖供稱這是他店裡販賣的石灰，經過檢驗後，也證實是熟石灰。據專家表示，石灰遇水的確會變成熟石灰，但找不出它和案情的關聯性。」魏柏

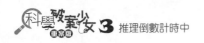

來回翻著筆記本，詳細說明。

惠寧不解，「石灰？園藝店為什麼會賣石灰？」

對園藝店做了一番調查的魏柏解釋，「長期施肥的土壤會變酸性，所以要添加鹼性的石灰使土地的酸鹼值恢復正常，因此園藝店才會販賣石灰。」

惠寧恍然大悟的「喔」了一聲，明雪則沉默的思考著熟石灰、自來水、捕蚊燈和爆炸之間的關聯。驀地，一個關於園藝店的回憶襲上明雪心頭……記得愛種水果的阿嬤有次為了催熟，請她路過園藝店時順便買點電石回家，那時她因為好奇，特地上網查詢電石的特性。

「對了！我知道程家霖的犯案手法啦！」突如其來的大喊，讓惠寧和魏柏嚇了一跳。

兩人異口同聲發問：「妳已經破解他的犯案手法了嗎？」

「嗯，這坨泥漿並非淋到水的石灰，而是程家霖在打烊後，將店裡賣的另一種商品——電石倒在這裡，插上捕蚊燈的電源，才鎖門離開。待定時澆水器啟動，電石遇水會產生乙炔及熟石灰。乙炔是可燃氣體，會四處擴散，而園藝店種了這麼多花草，必定會引來許多小昆蟲，只要有一隻觸及捕蚊燈的電網，就可能擦撞出火花，同時引爆乙炔！」明雪仔細說明她的推論。

魏柏雙手擊掌，「難怪即使程家霖遠在捷運站也能引火，爆炸中心在捕蚊燈、屋裡物品向外倒，及出口水下方的熟石灰也都得到圓滿解釋！咦，明雪，妳怎麼知道園藝店會賣電石這種物品？而且還對它的特性一清二楚？」

「哈哈！因為我阿嬤曾託我在園藝店買電石，讓她種的水果趕快熟成。那時我對這種不熟悉的物質很感興趣，所以就查了一下資料，發現它遇水後會產生乙炔及熟石灰。剛剛你們一直提到熟石灰，才讓我想起往事。」明雪微笑說明。

魏柏雖為明雪破解如此完美的犯罪手法感到高興，但轉念一想，嘴角不禁再度下垂，「如果石灰與電石遇水反應後都會留下熟石灰，那我們怎麼知道當初程

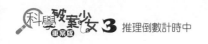

家霖灑下的是電石而非石灰？」

明雪兩手一攤表示：「兩者遇水的反應我們在國中和高中都學過，我只是憑知識做出推理罷了，其他的仍得靠警方補強證據囉！但我倒是可以貢獻一點線索——當我們把電石加水時，除了產生乙炔外，還有一股很臭的味道，但書上卻說乙炔無色無臭；當時我曾問過老師，他說那是因為電石含有硫和磷等雜質，所以才有臭味。你不妨建議警方檢查泥漿，看看裡面除了熟石灰外，是否還有硫和磷等成分。」

魏柏在筆記本上寫下明雪的推論及建議後，如釋重負的點了點頭。

「終於解決了，我們去吃晚飯吧！」明雪一臉輕鬆的挽著惠寧往外走去。

魏柏邊收起筆記本，邊笑著回應：「妳幫了大忙，我請妳吃晚餐。」

「你還是快請鑑識專家詳細分析這坨泥漿，再詢問園藝店的工作人員當天程家霖有沒有什麼奇怪的舉動。等破了案，再讓你請客。」明雪貼心的說。

惠寧在旁邊插嘴：「見者有分，我也要吃大餐！」

明雪瞪了她一眼，「這瓶酚酞的帳我還沒跟妳算呢！妳還想吃大餐？」

惠寧吐了吐舌頭，做了個「歹勢」的表情，魏柏則被兩人逗得哈哈大笑。

⌛ ⌛ ⌛ ⌛ ⌛

隔天的大掃除時間，明雪接到魏柏來電：「警方仔細化驗白色泥漿後，由裡頭的雜質證明那是電石與水反應的殘餘物。另外，他們在店門口找到電石粉末，顯示當天縱火的人灑下電石後，有些碎屑還沾黏在衣物上，當他匆匆離去時便留下證據。警方詳閱另外三起火災的調查報告，也都發現現場留有白色泥漿，只是當時的調查人員僅證明其為熟石灰，找不到它和整起縱火案的關聯。」

明雪出聲詢問：「那程家霖呢？」

魏柏沉吟了一會兒後說道：「雖然花費許多時間，不過警方終於在程家霖待洗的衣物上發現電石碎屑，突破他的心防讓他俯首認罪了。禮拜六中午我請吃大餐，我已打電話邀請伯父、伯母，他們都答應了，妳記得幫我邀明安和惠寧一起來。」

明雪看了旁邊的惠寧一眼，「昨天設備組的老師在清點器材時，發現少了一瓶酚酞，結果追查到是惠寧拿走的……」明雪停頓了一下，故意大聲的說：「要邀惠寧嗎？很可惜耶，她沒口福啦！老師罰她這個禮拜六到學校幫忙整理實驗器材。」

從明雪對話得知大約發生什麼事情的惠寧，只得哭喪著臉，為自己的頑皮付出慘痛代價而懊惱不已！

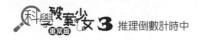

科學破案百科

乙炔（C_2H_2）在室溫下是一種無色易燃的氣體，除了可焊接金屬外，也是製造聚氯乙烯（PVC，塑膠的一種）的原料，在工業上用途不少。

本文所述的電石（CaC_2）遇水產生乙炔及熟石灰（$Ca(OH)_2$）的反應方程式則為：

$$CaC_2 + 2H_2O \rightarrow Ca(OH)_2 + C_2H_2$$

植物在腐敗過程中會釋出乙烯催熟，但乙烯不易製造，因此果農大多用電石製造乙炔，同樣有催熟效果。

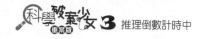

案件2

暗夜閃爍的求救信號

今天是星期天，閒閒沒事做的惠寧打電話給明雪，抱怨假日太無聊。時序已進入冬天，明雪提議趁著現在氣溫較低，山上的蚊子也少了，何不到山上走走？閒得發慌的惠寧一口應允。

暖冬的陽光猶嫌炙熱，幸好周遭樹林茂密，讓一向怕晒黑的兩個小女生彷彿有了把綠色大保護傘。

步道上遊客稀稀落落，走不到一半路，竟只剩惠寧和明雪兩人，真是「前不見古人，後不見來者」，她們倒也不甚在意，仍邊往山上走邊欣賞優美風景。

不久，惠寧嘟嘴抱怨：「我餓了。爬山真的很耗體力耶！」

「我知道前面有座涼亭，那裡有賣飲料和泡麵。」明雪曾跟父母來這兒爬山，總是在涼亭飽餐一頓後才繼續往上爬。

不只他們，許多遊客也習慣在涼亭歇腳，體力好的人繼續登頂，腳程較差的吃完東西後便折返下山。

今天遊客非常稀少，明雪不確定在涼亭賣食物的阿婆是否有做生意；但為了鼓勵惠寧往上爬，姑且用食物鼓舞她吧！

一聽到前頭有東西可吃，惠寧精神奕奕，加快腳步往前走。

⌛ ⌛ ⌛ ⌛ ⌛

約莫走了十五分鐘，終於到達涼亭。大概生意太冷清了，只見阿婆在涼亭裡打瞌睡。

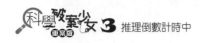

待明雪叫醒阿婆後，阿婆殷勤的招呼兩人。

「阿婆，我們要吃泡麵！」惠寧開心大喊。

「啊？對不起，因為生意不好，今天還沒燒熱水。妳們等我一下，開水馬上就好。要不要先喝杯冬瓜茶？很解渴喔！」

明雪和惠寧坐在涼亭的椅子上喝冬瓜茶，等著阿婆煮泡麵。

「奇怪，怎麼壞掉了？」阿婆按了幾下瓦斯點火槍，但只產生零星的火花。

明雪見狀，感興趣的說：「讓我看看，以前做實驗時我曾用過這種點火槍。」

她拆開點火槍一看——原來沒燃料了，雖有火花出現，但無法形成火焰。

她對阿婆說：「點火槍要換一把新的了！」

阿婆尷尬的搔搔頭：「歹勢、歹勢！」

飢腸轆轆的惠寧連忙阻止她：「沒關係啦！妳把泡麵賣給我，我捏碎了就可以直接吃！」

「不煮熟怎麼能吃？」阿婆疑惑的問。

惠寧大笑出聲：「這種吃法正流行呢！」

明雪則拿著點火槍走到爐邊，對阿婆說：「請妳打開瓦斯，我來試試看。既然有火花，應該可以點燃瓦斯才對。」

阿婆扭轉開關，明雪乘機將點火槍移到爐口，同時按下開關，「轟！」的一聲，爐火瞬間點著了。

阿婆趕緊煮水，將兩份泡麵放入鍋裡煮，順便打了兩顆蛋。

惠寧好奇的問明雪：「妳剛剛拆開的點火槍裡不是沒有電池嗎？為什麼按下開關會產生火花？」

「點火槍引火並非依靠電池，而是壓電晶體。」明雪好心為她解惑。

「壓電晶體？」

「對，這種晶體可將壓力轉變為電壓——按下開關的瞬間產生壓力，壓電晶體就將之轉換成幾千伏特的電壓。高電壓經電線傳導至槍口與另一條地線間，便產生放電現象，因此出現火花。」

「好神奇喔！」惠寧感到不可思議。

明雪笑著回應：「瓦斯爐也是利用壓電晶體點燃的呀！」

「但我家的瓦斯爐不是用按的，是用旋轉的耶……」惠寧不解的說。

「不管如何啟動開關，只要將壓力傳導到壓電晶體上，就會造成電壓及火花。上次做實驗時，我發現點火槍不需電池就能產生火花，便請教老師其中原理，這些都是老師告訴我的。」惠寧點點頭，對明雪的博學多聞更加崇拜了。

這時，阿婆端來兩碗泡麵，明雪和惠寧就捧著熱騰騰的麵，大口吃了起來。飽餐一頓後兩人打算繼續上路。

阿婆看今天生意冷清，唯「二」的客人也要走了，只得無奈嘆氣：「唉！生意真差，我也要回家了。」接著便開始收拾東西。

明雪以前就好奇阿婆如何把東西搬到山上做生意，今天恰好遇到她要回家，便感興趣的問：「阿婆，妳家住哪裡啊？」

阿婆指著涼亭旁的林間小徑：「從這裡走過去，大概半小時就到了。」

她把收拾好的東西收進大布包內，接著扛上肩，手裡還提著兩個袋子，轉身就往小徑走去。

惠寧看看涼亭裡的瓦斯桶和鍋碗瓢盆，細心提醒她：「這些都不用帶回家嗎？」

阿婆笑了笑：「我哪有辦法扛那麼多東西？只能帶走食材和小東西。反正大件的也沒人扛得走，就留在這裡吧！」

明雪見阿婆肩上扛一包，手裡又提了兩袋，便和惠寧商量：「我們從這裡走到山頂大概要半小時，乾脆幫她提東西回家——反正都是運動，走哪條路應該沒差吧？」

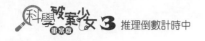

惠寧應允，兩人分別接下阿婆手上的袋子。

阿婆雖連聲說「不必」，但寂寞的她也很高興有人陪伴，半推半就之下，三人沿著林間小徑走向另一座山頭。

⧗ ⧗ ⧗ ⧗ ⧗

「阿婆，山路這麼狹小，當初那些瓦斯爐怎麼搬上來的？瓦斯用完了要怎麼換新的呢？」一路上，好奇的明雪不停發問。

阿婆笑著回答：「這都要靠我兒子啦！以前只要一沒瓦斯，我就打手機告訴他，請他開車從另一條路送瓦斯，再慢慢扛上來。」

「哇！阿婆有這麼孝順的兒子，很好命喔！」惠寧大喊。

「唉！雖然他很孝順，但出社會後結交到壞朋友，惹出不少事。昨天我還接到電話，說他打傷人，對方要報復，所以必須躲起來，有一陣子不回山上……」

阿婆說到傷心處不禁落淚，明雪和惠寧急忙輕拍她的肩膀，溫言安慰。

不知不覺間三人已翻越山頭，來到阿婆的小木屋。她趕緊將門打開，讓明雪和惠寧進到屋裡。

正當喘息之際，三名陌生男子突然闖入。帶頭的那人五十多歲，身材微胖、目露凶光；左邊的四十幾歲，下巴四四方方；右方的男子最年輕，頭髮長而蓬鬆，像隻公獅。

阿婆驚訝的問：「你們要找誰？」

帶頭的胖子一臉不耐煩：「廖哲駿是妳兒子嗎？」

「是啊！他……他不在……」料想到是兒子仇家找上門來，阿婆顫抖著聲音回答。

胖子撂下威脅：「他不在沒關係，我是來找妳的！聽說他很孝順，找到妳就

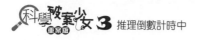

不怕他不出面！哼！」

「你……你們找他做……做什麼？」

獅子頭憤恨的說：「他打傷我們老大的兒子，今天要教他吃不了兜著走啦！嘿嘿！」

「別說那麼多廢話，統統帶走！」那胖子喝令。

接著他抓住阿婆，方下巴限制惠寧的行動，獅子頭則往明雪的方向走去。

明雪見對方的左手小指包裹著紗布，便狠狠的朝那隻指頭捶下去！

「啊！好痛！」獅子頭哇哇大叫。

阿婆大聲求饒：「我兒子打傷人，你們抓我沒關係，但這兩個女孩只是好心幫我提東西回家，與你們無冤無仇，別為難她們……」

獅子頭又痛又惱，不肯輕易罷手，仍準備對明雪下手。

胖子出聲制止：「算了！反正車子也載不下那麼多人。你先收走手機，免得她們報警，再把人關在屋裡。這裡那麼偏僻，根本不會有遊客經過；等到人被發現時，我們和阿駿間的恩怨也了結了！」

聞言，獅子頭才不情願的作罷。

明雪和惠寧乖乖交出手機，三人押著阿婆，由外頭將門上鎖，再剪斷屋外的電線，以防室內的燈光透露出人跡。

見他們走遠，兩人試著撞門逃走，無奈力氣不夠，只能坐在屋裡嘆氣。

⌛ ⌛ ⌛ ⌛ ⌛

天色逐漸變暗，明雪為兩人打氣：「我出門前曾向爸媽報備要到這裡爬山。如果天黑了還沒回家，手機又打不通，他們一定會上山找人。」

惠寧皺眉，「但我們已經偏離登山步道……」

明雪站在窗戶旁眺望遠方，「妳瞧！那不是涼亭嗎？既然這裡能看到涼亭，那邊的人就可以發現這裡。爸媽常帶我來爬這座山，他們若上山找我，一定會走到涼亭。」

惠寧可沒這麼樂觀：「那有什麼用？隔了一座山頭，風又那麼大，就算喊破喉嚨也沒人聽得到求救聲。況且夜裡的山區一片漆黑，他們怎麼會知道我們在這兒呢？」

明雪靈光一閃，想到手邊還有阿婆的袋子，便把裡面的東西倒出來——一把瓦斯點火槍和一些零錢；惠寧也察看屋子四周，在角落發現一盞提燈。

惠寧趕緊按壓提燈的開關，卻不見亮光。大失所望的她將燈拆開，發現電池上布滿白粉，早就壞了。

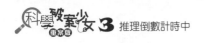

「阿婆的東西怎麼全都壞了？」

「她獨自住在山上，不易補充物資嘛！我們找找看屋內有沒有電池。」明雪提議，但兩人忙了一陣子，還是徒勞無功。

惠寧忍不住碎碎念：「一把沒有燃料的點火槍，一盞沒有電池的提燈，真是絕配！」

明雪仔細觀察提燈的內部構造，發現裡面裝著小日光燈管，她不禁笑著點頭：「果然是絕配！」

惠寧不解的看看明雪，明雪卻故作神祕：「休息一下，等搜救隊伍上山吧！」隨後就閉目養神。

急躁不安的惠寧在屋裡走來走去，不知過了多久，她興奮的叫聲吵醒明雪：「明雪！有一排亮點往山上移動，應該是來找我們的！」

明雪一躍而起，跑到窗邊向外眺望，果然看見數個光點沿著山路蜿蜒而上。她連忙將提燈的小日光燈管拆下，並要惠寧抓住燈管上端。

「我們要做什麼？」惠寧百思不得其解。

「等一下妳就知道。」

接著，明雪拆開瓦斯點火槍，拉出裡面的電線，放在距日光燈管接頭下方約一公分處。當她按下點火槍開關的瞬間，燈管裡竟出現一道閃光！

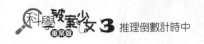

惠寧看得目瞪口呆，「妳有特異功能嗎？電線根本沒碰到燈管的接頭，怎能把燈點亮？」

明雪笑著回應：「壓電晶體不是會將壓力轉換成幾千伏特的高壓電嗎？若附近有日光燈管或省電燈泡，就能利用火花放電的方式，將電流傳入日光燈管，經由妳的手接地，讓電流通過，就能點亮燈管啦！這是老師曾表演給我們看的科學魔術，妳竟忘了呀？」

明雪邊解釋邊按了幾下點火槍的開關，日光燈管也不停閃爍；惠寧則注意遠方光點的動向。

幾分鐘後，她興奮大喊：「耶！他們在涼亭的位置轉彎，朝我們這邊走過來

拆開
妳有特異功能嗎？
電線根本沒碰到燈管的接頭，怎能把燈點亮？
亮

了！」

約莫半小時後，當地警察帶頭的搜救隊伍來到小木屋前，兩人的父母和警官李雄也在行列中。

明雪和惠寧大聲求救，李雄和當地警察合力撞開木門，終於救出她們。媽媽一把抱住明雪，爸爸則遞上開水和麵包。明雪顧不得自己又餓又渴，急忙把來龍去脈向李雄報告，請他盡快救出阿婆。

「廖哲駿？我請局裡的同事調查一下。」李雄立刻以手機通知山下的員警查案。

接著，李雄向帶路的警察致謝：「要不是你帶路，我們是不可能那麼快找到人。」

那名員警搔搔頭表示：「沒什麼啦！是這兩位小妹妹聰明，懂得利用閃光引起注意。這個山區我很熟，一看到閃光的位置就知道來自山頭的木屋。待會兒你們不必折返原路，可由另一條產業道路下山。我已聯絡同事開車上來，現在請你們跟我走吧！」

⌛ ⌛ ⌛ ⌛ ⌛

途中，李雄詳細詢問歹徒的長相與案情。不久，局裡回報得知的情資：廖哲駿不但前科累累，仇家也很多，一時很難鎖定綁架阿婆的歹徒身分，希望他們能提供更多訊息。

李雄描述剛從兩人口中得知的歹徒長相，請員警繼續追查。

這時，明雪突然想到：「對了！那個獅子頭歹徒的左手小指纏著紗布，而且我捶打時他的表情很痛苦，可能才剛受傷。」

李雄點點頭，吩咐電話那頭的同事多加留意。

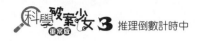

待一行人走到產業道路，路旁果然已有警車等候。

李雄和兩人的爸媽商量：「有了明雪和惠寧提供的資訊，相信我同事很快便能鎖定歹徒的身分。因為她們見過歹徒，我想請兩人到局裡指認歹徒的口卡（由縣市警察局製作及保管的個人資料，常用於辦案）。我先請警員送你們回家休息，待明雪和惠寧指認完畢後，我再派人護送她們回去。」

明雪的爸爸點點頭，並向李雄道謝：「不好意思，勞煩你跑這一趟。老實說，遇到這種事，我真的急壞了，只能拜託你。」

李雄笑著說：「明雪平常幫了我很多忙，說不定等會兒又可以再幫我逮到一批壞蛋！」

兩人的爸媽皆笑了起來，心頭的大石瞬間落下，將女兒交給李雄後便雙雙安心回家。

待三人抵達警局，員警立刻向李雄報告：「廖哲駿前天在一場幫派鬥毆中打傷了兩個人——盧明貴和沈英辰，這是他們的口卡。」

明雪一看到盧明貴的照片，立刻大喊：「他就是獅子頭！」

接著，警員又拿出另一張照片進行說明：「沈英辰的父親叫作沈煜杞，是某大幫派的首腦。」

明雪和惠寧看過沈煜杞的照片，指認是三名歹徒中的胖子。

確定歹徒身分後，李雄趕緊調派部下監視沈煜杞的行蹤，吩咐他們伺機救出阿婆，並交代警員護送兩人回家。

明雪擔心阿婆的安危：「叔叔，你們抓壞人時要小心，不要誤傷了阿婆喔！若非她求情，我一定會被獅子頭打得很慘。」

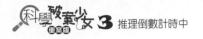

李雄點點頭，「我知道了，一旦救出阿婆，我會立刻通知妳。」

有了李雄的保證，明雪和惠寧才放心的坐上警車，直奔溫暖的家。

回到家後，明雪守在客廳，等著李雄的電話。半夜十一點多，電話終於響了——是李雄打來的！

「明雪，我們已經順利救出阿婆，並逮捕沈煜杞和他的手下。廖哲駿因為前去解救母親，中了沈煜杞的圈套，不慎被打成重傷，我們已將他送往醫院。妳和惠寧的手機也在沈家找到，改天再麻煩妳們來警局領回。」

掛上電話，明雪回想今天的驚險經歷仍心有餘悸。希望阿婆終有一天能和她浪子回頭的兒子好好過日子——明雪誠懇的許下願望。

科學破案百科

壓電晶體是指能產生壓電效應的天然晶體，壓電效應是機械能與電能互換的現象，會隨外在壓力的增減產生電力，可將機械能轉換為電能，也可將電能轉換為機械能。

石英（SiO_2）是種廣泛運用的壓電晶體，除了文中提及的瓦斯點火槍與瓦斯爐，部分打火機也利用石英產生的壓電效應點燃火苗。在軍事及國防方面，亦常見以石英為壓電晶體的炸彈裝置，由空中拋擲炸彈到地面時，所產生的強大壓力使得壓電晶體引爆炸彈，產生驚人的破壞力。追蹤潛艇用的聲納系統，也是壓電現象的應用。

案件3

虛擬寶物搶奪事件

最後一堂是物理課，老師正在講解光學中的折射現象。

離下課還有五分鐘，平日上課頗專心的奇錚卻已偷偷收拾起書包，這不尋常的舉動引起明雪好奇。偏偏老師堅持要把折射講完才下課，奇錚顯得坐立不安，不停皺眉看錶。

終於，老師放下粉筆，說了聲：「下課！」

這時，奇錚抓起書包就往外衝，明雪趕忙攔下他問道：「你今天怎麼了？到底在急什麼？」

奇錚撥開明雪的手，直嚷著：「我跟人家約好今天碰面，快來不及了啦！」

說完，就一溜煙跑了。

明雪目瞪口呆，回頭問惠寧：「奇錚今天很反常，妳知道他是怎麼回事嗎？」

惠寧嘆口氣道：「唉，妳有所不知，奇錚私底下其實是個宅男，除了K書，整天就迷網路遊戲，班上的活動他幾乎都不參加。由於不斷『練功』，聽說他的電玩功力很高，他甚至曾經跟我說，將來計畫靠打電玩維生。」

「是喔！」明雪點點頭，大嘆這世界真是什麼樣的人都有。

「現在的線上遊戲不是都有寶物、遊戲幣嗎？如果玩家功力高深，擁有很多寶物和遊戲幣，就可以賣給其他人，賺取生活費。」惠寧詳細說明。

明雪皺起眉頭，「我從以前就覺得很不可思議，真的有人肯花錢去買虛擬的寶物和遊戲幣！」

「當然有啦！對玩家而言，寶物和遊戲幣非常珍貴，當然捨得用錢買……不跟妳說了，像妳這種不玩線上遊戲的人，根本無法體會。」惠寧撇撇嘴。

「我又不是故作清高不想玩，只是一看到光影變化快速的螢幕，頭就暈了！」出言辯駁的明雪雖然倍感委屈，仍忍不住追問：「妳還沒告訴我，奇錚今天為什麼急著走？」

「他最近在網路上認識一個朋友，表明願意出高價買寶物；他們約定今天碰面，所以他很興奮。」因為要補習，惠寧說完後就先行離開。

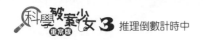

明雪看著空蕩蕩的教室，不禁思考：就算不玩線上遊戲，也得略微了解相關知識；否則不但和同學有距離，就算自己將來如願以償，當上刑事鑑識專家，一定也會碰到與線上遊戲相關的案件。

⏳ ⏳ ⏳ ⏳ ⏳

晚上七點，明雪剛吃完晚飯，想起奇錚和網友約定碰面的事，愈來愈不安……報紙不是經常刊載青少年被網友欺騙的新聞嗎？於是她撥打奇錚的手機，想提醒他小心一點，不過電話沒接通。

雖然憂心忡忡，但明雪也只能邊看電視新聞打發時間，邊耐心等待奇錚回電。

不久，她的手機果真響了，卻是李雄打來的，「明雪，你們班上是不是有位同學叫賴奇錚？」

「是啊，怎麼啦？」明雪很驚訝李叔叔為什麼認識奇錚？

「剛才轄區裡的KTV報案，一名客人在包廂昏倒，額頭還有傷口，疑似遭人毆打。我調查過他的身分，發現他是你們學校的學生；我還查看了他的手機，最後一通未接來電竟是妳打的，所以想向妳查證。」

明雪急忙詢問：「他的傷勢要不要緊？」

「救護車已經把他送到醫院，現在仍處於昏迷狀態。」李雄告知。

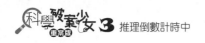

既然奇錚送往醫院，一切就只能交給醫生；目前自己可以幫忙的，就是加入調查行列，早日把傷害奇錚的人繩之以法！

思考至此，明雪立刻對李雄說：「李叔叔，我可以協助調查嗎？」

聽聞生力軍自願幫忙的李雄，當然舉雙手贊成。

向爸媽說明後，明雪迅速趕往李雄所說的ＫＴＶ。李雄正巧在櫃臺找服務人員問話，就帶著明雪進入出事的包廂。

張倩正忙著蒐證，一看到明雪便嘆了口氣：「ＫＴＶ是公共場所，每隔幾小時就會換一批人進來，現場的指紋多到採集不完！」

李雄則說明辦案進展：「我剛剛要求店家播放監視錄影帶，比奇錚晚幾分鐘進入包廂的年輕男子，進出時都戴著帽子，而且帽簷壓得很低，無法辨識面貌，只知道他又高又胖。因為他戴著手套，可能採集不到指紋。」

張倩雙手環胸研判：「這顯然是預謀犯罪。一般而言，在公共場合發生的刑事案件，大多是臨時引發的暴力衝突。」

明雪分享自己掌握的資訊：「我聽同學說，奇錚今天和網友見面，要賣掉他的寶物。」

李雄擊掌大喊：「哇，這個情報太重要了！那我就請局裡的網路警察追查對方IP（即每部電腦在網路上的位置），再請ISP業者（即網際網路服務提供者）提供資料，就可以知道對方的身分了！」

明雪仔細打量包廂裡的擺設，除了電視、麥克風、小茶几之外，旁邊還有洗手間。她注意到奇錚的眼鏡掉落地面，鏡片已經破碎。

奇錚是個大近視，鏡片很厚，活像金魚缸；明雪常勸他看書看久了要休息，否則度數還會再加深，但奇錚總聳聳肩，不以為意，原來他是沉迷在電玩中。

驀地，明雪發現地板有幾個巨大鞋印。如果照李雄所講，嫌犯又高又胖，那麼這些腳印可能就是嫌犯留下來的。

「那是13號球鞋，我已經把鞋印拓印下來，可以循線找出製造廠商。這麼大的鞋子在身材較矮小的東方人裡非常少見，是一條有力線索。」見明雪注意到鞋印，張倩說出想法。

李雄點頭附和：「嗯，沒錯。可能其中有人不小心打翻飲料，踩到後便留下鞋印；從監視錄影帶中也可看到嫌犯穿黑色球鞋。」

明雪覺得自己已經幫不上什麼忙，就向李雄詢問奇錚被送到哪家醫院，她想前去探望。

李雄笑道：「我用警車載妳去吧！這裡的調查工作已告一段落，我想到醫院看看被害者清醒了沒？如果醒了，我有很多問題準備問他呢！」

明雪便搭李雄的車前往醫院。

幸好奇錚的傷勢不重，經過緊急救治後已轉醒。醫生表明雖然只有外傷、沒傷及腦部，但患者目前很虛弱，希望警方問話時間不要過久。

奇錚有點喘，斷斷續續說出事發經過。

他上星期在聊天室認識那位網友，對方的網路暱稱叫「木瓜」，因為兩人對同一款遊戲很著迷，所以聊得非常開心。

木瓜說自己雖喜歡這個遊戲，但技術不好，一直無法取得寶物，所以想找人購買；奇錚高興的表示，自己有很多寶物，可以賣他，雙方便相約今天在KTV碰面。只要木瓜交出現金，奇錚就會把寶物轉到他的帳號。

奇錚比木瓜早抵達KTV包廂，幾分鐘後，木瓜也到了。兩人沒聊幾句，木瓜就不慎打翻飲料。

交談終於進入正題，木瓜突然說自己沒帶現金；奇錚還來不及反應，對方已連揮重拳毆打他，逼他說出帳號和密碼後，再將他擊昏……

李雄問道：「你有沒有看清楚他的面貌？」

「沒有。他走進來時帽子壓得很低，加上室內又很昏暗……」

李雄沉吟了一會兒：「……好吧！將你的遊戲帳號、登入遊戲的伺服器名稱、使用人物角色的ID名稱都告訴我，我請警局裡的網路警察立刻追查這些寶物轉到誰的帳號。」

奇錚依實說出之後，李雄立刻用手機聯絡警局裡的電腦高手追查。

明雪看看時間已經不早，安慰奇錚好好養傷後就回家休息。

⏳ ⏳ ⏳ ⏳ ⏳

第二天，同學們聽聞奇錚被打傷住院的消息都十分震驚，老師也以此為教材，再次叮嚀同學，網路交友一定要謹慎。

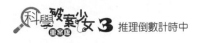

放學後，大家相約到醫院探視奇錚，明雪則迫不及待跑到警局問案情進展。

李雄說明：「我們已從鞋印查出廠牌。買大尺寸球鞋的客戶固然不多，但有些人用現金交易，追查不易。此外，負責偵查網路犯罪的同仁已找到木瓜的IP，可惜他是在不同的網咖上網，所以無法追查他的行蹤。昨晚案發後，那批寶物很快就被轉走了，但不是轉到木瓜的帳號；我們已追查到一名不知情的高中生，指稱木瓜前幾天在網路上向他兜售寶物，並約在昨晚交貨……」

明雪不解：「前幾天就向他兜售？」

「可見木瓜早就預謀搶奪寶物後立即轉手賣人。我懷疑他是慣犯，已委請網路警察嚴密監視這個帳號有沒有再出現；但到目前為止，他都沒有上線。」李雄說出自己的推斷。

這時，一名年輕警員向李雄報告：「組長，木瓜這個帳號雖然沒有再上線，但有一名暱稱為蓮霧的網友，在網路上分別向不同對象要求購買及兜售遊戲寶物……」

「太不尋常了！會表明購買意願表示此人缺少寶物，兜售則因為他的寶物太多；但這個人又買又賣，十分奇怪，手法和木瓜很像。」李雄急忙再問：「你查出他的IP沒？」

「查過了，不過他人在某家網咖。」

「人還在線上嗎？」李雄邊問邊往電腦移動。

「是。那家網咖的位置在……」

李雄邊聽屬下報告，邊用無線電呼叫在街上巡邏的警員，要對方到那家網咖臨檢，看看有沒有一名高胖男子；如果有，就上前盤查他的身分。

幾分鐘後，警員用無線電回報：「現場有三名高胖男子，經盤查後，他們的身分證字號分別是……」

局裡的員警立刻將身分證字號輸進電腦，調出三名男子的資料，「其他兩人

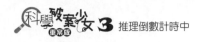

沒有犯罪紀錄，唯獨這個錢炳盛前科累累，有多次暴力犯罪的紀錄。」

李雄立刻下令，要求巡邏警員帶回錢炳盛。

⌛ ⌛ ⌛ ⌛ ⌛

不久，警車載回一名高胖男子，明雪注意到他穿了一雙大尺寸的黑色球鞋。

男子一進警局就大聲咆哮，表示警方沒有任何證據就把他帶來警局，一定要告到底！

李雄出言安撫：「先生，你先別激動。我們沒有逮捕你，只是想問你幾個問題；如果沒有異狀，你就可以離開了。」

男子頓時語塞，只能氣呼呼的坐下：「有什麼話快問，我還有事要忙！」

這時，明雪站到李雄身旁，悄悄對他說：「李叔叔，他腳上的球鞋好像是案發時的那一雙。可以請張阿姨檢查他的鞋印，是否和現場拓印下來的相符；而且案發現場滿地都是奇錚眼鏡的碎破璃，說不定他曾踩到……如果有，現在應該還留在鞋底！」

李雄點點頭，立刻請錢炳盛脫下球鞋，再交由警員送到張倩的實驗室。

李雄又問了錢炳盛案發時的行蹤，他表示當時一個人在家睡覺。

李雄問東問西，故意拖延時間；過了好一會兒，張倩親自送來檢驗報告，她堅定的對李雄說：「鞋印完全符合，而且在鞋底找到的玻璃碎片，也和賴奇錚的眼鏡鏡片相符！」

面對鐵證，錢炳盛只好俯首認罪。他承認在網路上同時尋找買家與賣家，與賣家碰面後，以暴力取得密碼，再迅速轉到買家帳號，並收取金錢；只要得手，他便立刻改變帳號及暱稱，重新找尋買賣雙方。

李雄以詐騙及施暴等罪名，羈押了錢炳盛。

他摸摸明雪的頭，讚許的說：「不錯喔！妳能立即想到他的鞋底可能卡著玻璃碎片，最後成為破案的關鍵之一。」

張倩在一旁補充：「在刑事案件上，玻璃是非常有用的微量證物。例如闖空門、搶劫、車禍逃逸、凶殺等案件，都可能打破玻璃。玻璃碎片四處飛散，距離可達三公尺之遠，所以罪犯和被害者身上也可能沾到。卡在衣服或頭髮上的玻璃碎片，大小約〇．二五至一毫米，脫落速度則視衣服質料而定，例如在毛衣上停留的時間就比皮夾克久。」

李雄接著補充：「沒錯，如果玻璃碎片掉進口袋，或卡在鞋縫、刺入鞋底，都會停留得比較久。根據統計，高達百分之六十的刑事案件有玻璃證物，其中有百分之四十的玻璃證據具效用。」

明雪靦腆的說：「其實是昨天物理課時，老師剛好講到折射，提到測量物質的折射率是極為準確的分析法。所以我就想，說不定阿姨可以藉此檢驗鞋底的玻璃碎片。」

張倩笑著說：「我不只檢驗奇錚的鏡片與錢炳盛鞋底的玻璃碎片折射率是否相同，還分析了鞋底玻璃的元素。我發現刺在鞋底的玻璃含鉛，適合作為近視鏡片。因為奇錚沒辦法指認罪犯，鞋印及玻璃成為僅有的證據，所以我格外謹慎，還測量了兩批玻璃碎片的密度。有了這些證據，我才敢確定錢炳盛鞋底的玻璃碎片來自奇錚的眼鏡！」

明雪離開警局前，李雄特別交代：「明雪，幫叔叔呼籲妳同學，網路固然可以增廣見聞，但也有許多居心叵測的壞人，就像心腸歹毒的毒蜘蛛，等著你們自投羅網。自己要多加小心！」

明雪點點頭，向張倩及李雄道別後，輕鬆踏上歸途。

科學破案百科

用途殊異的玻璃內含不同成分，例如普通平板玻璃及燈泡含鈉，化學實驗室用的 Pyrax 玻璃含硼，某些鍋具的玻璃含鋁，光學玻璃及水晶玻璃含鉛，汽車大燈含硼，過濾紫外線的玻璃含錫，玻璃纖維含硼和鋁，玻璃瓶的鎂含量較低、鈉含量較高。

正因為成分略有差異，所以檢驗玻璃碎屑時，會將溴甲烷、四溴乙烷及聚鎢酸鈉等數種液體，依不同比例混合，調配出由上至下密度漸增的液體（2.465 至 2.540g ／ mL），接著放入待測的玻璃碎屑。如果兩塊玻璃碎屑停留在同一層，即表示它們的密度相等，可依此作出判斷。

案件 4

超音波殺機

因為星期一要段考，明雪星期天待在圖書館K書，到了午餐時刻，她打算到附近商店買個飯盒吃。

人行道上迎面走來一位中年婦人，手上牽著一隻狗。雙方越走越近，狗突然狂吠起來，嚇得明雪直往後退；中年婦人連忙喝止，並用力拉緊狗鏈，才阻止狗撲到明雪身上。

婦人一直向明雪道歉，她的狗仍不停狂吠，明雪只好揮手表示沒關係，繼續往前走。

前方又來了一位小姐，牽著一隻體型更大的狗，明雪心有餘悸，退到一旁。

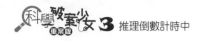

小姐笑說：「別怕，牠不會亂叫，也不會咬人。」

明雪看那隻狗雖然體型大、長相也凶，但主人似乎調教有方，因此牠行為規矩，乖乖坐著。明雪好奇兩隻狗怎麼差這麼多？

這位小姐有感而發：「我剛剛看到妳嚇到的那一幕了。主人應該從小訓練好寵物，畢竟在都市裡飼養會亂叫的狗，多少都會造成鄰居困擾，如果攻擊人，那就更糟糕了！」

「那妳是怎麼訓練牠的呢？」見大狗乖乖待在一旁，明雪克服恐懼，拍拍牠的頭。

「妳看！牠脖子上的電子項圈會感應吠聲，只要牠亂叫，項圈就發出超音波——這種音波人聽不到，對狗而言卻非常大聲，讓牠不舒服；久而久之，牠就不亂叫了。」

明雪恍然大悟，她知道動物的聽力比人好，能接收人耳聽不到的高頻，但沒想到可利用此原理訓練動物。

和這位小姐聊了一會兒，她想起午餐還沒有著落，便向對方道別。

賣飯盒的店家使用臺東好米，所以生意很好。明雪看店裡的座位都坐滿了，只好外帶。

她拿著飯盒信步走到附近的大水池。半片湖面長滿荷花，風景優美，且池水清澈，可看到湖底優游的魚兒；加上近幾年池畔鋪設自行車道，吸引單車族到此遊玩，使得這座水池成為本地觀光景點，每逢假日都熱鬧不已。

因為剛才摸過大狗，明雪先到公廁洗淨雙手，然後穿過停車場走到池邊。停車場幾近客滿，一道持續不斷的引擎聲卻吸引她注意——那輛引擎沒關的黑色車上顯然有人，雖然車窗半開，不過上面貼有隔熱紙，讓她看不清車內情形。

明雪覺得這種行為實在不環保，有些地方政府已制定法規，原地怠速三分鐘要罰錢，她瞄了一下車牌號碼，盤算是否該檢舉對方，但最後想想，還是作罷。

她坐在面向水池的草地上，幾個小學生正興高采烈的拿著網子捕撈小魚，卻被一名路過的中年男子訓斥不該「危害公物」，聽在明雪耳裡，覺得他說得雖義正詞嚴，卻也十分逗趣。她打開飯盒，才吃了幾口，不遠處的樹林突然飛出一群蝙蝠，嚇得小學生驚聲尖叫。

明雪也嚇了一跳，這時，不知何處竄出一隻大黑狗，衝向一位騎腳踏車經過的白髮老翁，連人帶車撞倒他，並持續發動攻擊。

若不趕快阻止黑狗，老先生就有危險！明雪急忙撿起地上的樹枝，朝黑狗猛打，一旁的遊客也紛紛趕來支援，黑狗終於落荒而逃。

眾人扶起傷痕累累的老先生，急忙打電話叫救護車。一陣手忙腳亂，直到救護車遠離，明雪已失去食欲，只好收拾午餐，回到圖書館繼續K書。

途經停車場時，明雪發現引擎未熄的黑色轎車已開走了，她聳聳肩，絲毫不以為意。

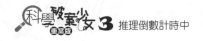

颯
!
咦？
汪汪—!
汪 汪
哇啊！
汪汪!!

⧗ ⧗ ⧗ ⧗ ⧗

第二天段考，生物考卷發了下來，其中一題問到：「蝙蝠是夜行性動物，在黑暗中飛行要如何辨識周遭地形與獵物？」

明雪笑了笑，昨天中午回到圖書館後，她特地溫習蝙蝠習性，這次考試果然考出來了——算是她見義勇為，趕跑黑狗、救了老先生，所以好心有好報吧！她自信的寫下答案：「蝙蝠利用超音波定位，可以辨識地形並找到食物。」

考完試後，明雪在走廊遇到生物老師，就把在大水池邊看見蝙蝠飛舞的事告訴老師。

老師附和：「我曾指導學生在大水池附近做過生態調查，那裡有大蹄鼻蝠，是臺灣本地特有種，就住在池畔樹洞；黃昏時可看到牠們出來覓食。」

「黃昏？但我是昨天中午看到蝙蝠飛舞呀！」

老師搖搖頭：「不可能！蝙蝠是夜行性動物，白天不會出來……除非，牠們受到驚擾。」

「驚擾？」明雪陷入思考，她覺得昨天並無特別事件會驚擾到蝙蝠，雖有小學生在嬉鬧，但池畔每到假日都是這樣，並沒有特別不同！

⌛ ⌛ ⌛ ⌛ ⌛

星期二中午考完最後一科，明雪代替仍要上班的爸媽，到醫院探視受傷的親戚。前往醫院的路上，經過一家寵物用品店，明雪突然興起念頭，就進店裡逛逛。

探病結束後，她想起前天救護人員曾詢問被狗攻擊的老先生姓名，又用無線電通報急診室——他正巧被送到這家醫院。由於掛念老先生傷勢，明雪準備順道探視，沒想到護士小姐說他仍在加護病房搶救。

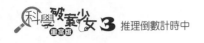

心情沉重的明雪在醫院門口遇到私家偵探魏柏，兩人爭相驚訝喊道：「你（妳）怎麼在這兒？」

明雪率先回答：「我來探望一位前天被狗咬傷的老先生。」

魏柏睜大雙眼：「妳說的是蔡輔老先生嗎？」

「對啊！怎麼？他投了巨額保險嗎？」明雪知道魏柏專門調查理賠案件，所以如此推測。

「嗯，蔡輔是位老農夫，祖先留下大筆農地，所以很有錢，投保巨額保險本屬正常。他膝下無子，領養一名男孩，取名蔡子瑋。蔡輔的老伴前幾年過世，他雖已七十幾歲，但身體硬朗，每天仍到農地巡視；前天就是在回家途中，經過大水池遭到黑狗攻擊才受傷，目前還在加護病房觀察。因為這次事件純屬意外，理賠應該沒問題。」

「這麼說來，如果老先生發生意外，受益人就是蔡子瑋囉？這個人有沒有問題？」明雪仍不放心。

「據我調查，蔡子瑋已三十幾歲了，未曾有過正當工作，還結交壞朋友，整天不務正業；不過，他並沒有犯罪前科……妳瞧，他就在對街等朋友來接。他剛剛探望老先生時，我和他談過話。」

她望向對街，看見唱片行門口有個穿黃襯衫、戴著墨鏡的瘦削年輕人，正舉手向一輛黑色轎車打招呼。轎車靠向路邊，讓他上車。

明雪心頭猛地一震——她認出那輛黑色轎車的車牌號碼，連忙問道：「魏大哥，你有沒有開車來醫院？」

「當然有。怎麼啦？」魏柏一頭霧水。

「快，跟蹤那輛黑色轎車！」

他一臉不解：「為什麼？」

「別問了，快去開車！車上我再慢慢告訴你。」

⌛ ⌛ ⌛ ⌛ ⌛

兩人一路跟蹤到市郊山腳下，黑色轎車駛進鐵皮屋前的空地，上面立了一塊「愛犬訓練學校」招牌，屋旁是一排鐵籠。

「現在怎麼辦？」魏柏怕被發現，不敢跟得太近，在遠處就停靠路邊。

這時，一名農夫騎著腳踏車，從轎車旁經過；明雪靈機一動，叫住農夫並小聲和魏柏商討計畫。她用手機打了一通電話後，便獨自向愛犬訓練學校走去。

她一踏上鐵皮屋前的空地，籠子裡十幾隻狗同時吠叫，聲勢驚人；屋內馬上衝出一隻大黑狗，朝明雪狂吠。

屋裡走出一名膚色黝黑的長髮男子，喝止狗群吠叫，原本籠子裡嘈雜的狗立刻安靜，黑狗也在原地坐定。蔡子瑋隨後走出屋外，站在他身後。

「妳有什麼事嗎？」長髮男子打量明雪，覺得有些面善，卻一時想不出在哪見過她。

明雪微笑以對：「我想為我家小狗找個教練，教牠一些把戲。」

他一聽是顧客上門，立刻堆滿笑容，並遞上名片：「妳真是找對地方了！我是狗狗訓練師，妳可以叫我謝教練；如果妳將狗送來訓練，牠就會這麼聽話。」

接著他指揮黑狗做一些動作。

明雪又問了一些與訓練課程相關的問題，接著提議：「我希望能了解一下您的訓練成果，請問我可以做個實驗嗎？」

謝教練自負的說：「妳儘管試，我的狗聽話得很！」

此時正好有一位腳踏車騎士經過，明雪取出稍早在寵物店買的金屬哨子，用力一吹——雖然沒發出響亮哨音，只有「噓、噓」的微弱氣流聲，蹲坐在地的黑狗一躍而起，往腳踏車騎士飛撲而去，人與狗扭纏成一團！

明雪對謝教練大喊：「快叫狗回來！」

他喝一聲，黑狗立刻回到他身邊坐好，倒在地上的騎士也站了起來。

待看清楚對方面容，蔡子瑋驚訝高呼：「你不是剛剛問我話的保險調查員嗎？」

原來，腳踏車騎士就是魏柏！他邊拍去身上灰塵，邊點點頭。

謝教練這時也恍然大悟：「我想起來了！妳就是前天在公園裡用樹枝打小黑的女生，對不對？當時我只遠遠看見妳，加上妳現在穿學生制服，我一時認不出來……說！妳來這裡做什麼？」

也不管站在一旁的魏柏，他粗聲粗氣的威嚇眼前的小女生。

明雪深吸一口氣，壯著膽子回道：「我說過了，我是來做實驗的。你剛才親口承認前天去過大水池，那麼攻擊老先生的狗應該就是這隻小黑，沒錯吧？」

謝教練這才明白她是來調查案件的，雖有點懊惱，仍極力辯駁：「世界上黑狗這麼多，妳怎能證明攻擊老先生的就是小黑？」

魏柏回應：「這倒不難！老先生當時的衣著被當成證物保存，從咬痕中一定能化驗出狗的DNA！」

謝教練強作鎮定：「我……我承認前天到大水池旁遛狗，小黑卻突然失控，攻擊一位老先生；我因為害怕，事發後趕緊帶牠回家……一切都是意外，頂多我賠償醫藥費就是，沒什麼大不了的！」

「可是我的實驗證明這並非意外，而是預謀殺人事件。」

「妳胡說些什麼？」謝教練氣急敗壞的喝斥。

明雪晃了晃手中的哨子：「這是狗笛，你身為訓練師不可能不知道，這種哨子能發出人類聽不到的超音波，但狗接收得到。你和蔡子瑋應該相當熟識，我猜想他為了早點得到養父的財產和大筆保險金，所以與你勾結，把蔡老先生的生活習慣告訴你，包括每天上午騎腳踏車到菜園，中午返家吃飯；然後由你負責訓練小黑，讓牠一聽到狗笛聲就攻擊騎腳踏車的……」

見兩人臉色一陣青、一陣白，明雪得理不饒人，再乘勝追擊：「你前天依照計畫到大水池邊，讓小黑躲在草叢裡，你則待在車上觀察。等老先生騎車經過，你就吹響狗笛；池畔遊客聽不見笛聲，只看到小黑咬人，都可作證是意外事件，加上老先生年紀那麼大，如果受不了摔車及被狗咬傷的折磨而一命嗚呼，你們的陰謀就得逞了……」

等不及明雪一長串的數落，魏柏氣憤插話：「可是剛剛實驗證明，受過訓練的小黑會以狗笛為命令，才攻擊腳踏車騎士。你們非但領不到保險金，我還要告知警方，以『蓄意謀殺』罪名起訴你們！」

謝教練立刻出言恐嚇：「哼！你們既然知道小黑受過訓練，只要我一聲令下，牠就會咬斷你們的喉嚨！」

他手一舉，小黑果真露出白色尖牙，擺出攻擊姿態。

明雪此時雖仍害怕不已，但她還是裝出神色自若的表情：「哈哈！我們既然

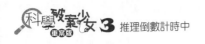

敢來，難道會讓自己陷入險境嗎？這位調查員魏先生可是武術高手，所以剛才小黑根本傷不了他；況且──」她故意好整以暇的停頓一下，「我在下車前早就打電話報警了！」說完，只見蔡、謝兩名男子驚疑不定。

此時，警笛聲由遠而近，謝教練和蔡子瑋知道事跡敗露，轉為互相指責對方。

李雄指揮部屬將兩人押上警車，小黑也被裝進狗籠，等候法院發落。

他還帶來好消息：「蔡老先生已經清醒，醫生說沒有生命危險了。」

警車離去後，魏柏先將腳踏車還給附近農家，然後載明雪回家。

他好奇詢問：「歹徒的計畫幾乎天衣無縫，妳怎麼察覺他們利用超音波操縱狗兒犯罪，還建議我假扮腳踏車騎士，讓他們露出馬腳？」

明雪笑著說：「大水池恰巧在前面，你把車停在停車場，我表演給你看。」

她指揮魏柏把車停在星期天中午謝教練停車的位置，並將車窗搖下一半：

「謝教練因為心虛，隨時準備『落跑』，所以沒熄火，引起我的注意。小黑可能潛伏在附近草叢，待謝教練拿出狗笛……」她對著狗笛用力一吹，池畔樹林間突然飛出一群蝙蝠，嚇了魏柏一跳。

「這是怎麼回事？」

「謝教練用狗笛指揮小黑犯案，可是蝙蝠也對超音波很敏感。當狗笛一響，雖然人類毫無知覺，但蝙蝠受到驚擾，就算是大白天，也從樹洞飛出。這種不尋常現象引發我的懷疑，今天才能順利破案。」明雪詳細解釋。

魏柏點點頭：「謝教練利用動物犯罪，沒想到也因為動物而露出破綻！」

明雪意味深長的說：「所以囉，百密必有一疏。人還是千萬別存有做壞事的念頭！」

魏柏對她一笑：「妳年紀輕輕就老成持重，當起老師父了！」惹得明雪一陣白眼。

科學破案百科

超音波是指 20 千赫（kHz）以上的聲音，人類無法聽到，卻是夜行性動物（例如蝙蝠）及海底生物（例如鯨魚）用來溝通及定位的最佳工具。

蝙蝠發出的超音波頻率約在 20 至 120 千赫之間，不同種類的蝙蝠發出的頻率各有差異，但具有極佳回聲定位能力，讓蝙蝠能清楚得知餌的距離、方向及形狀。依照頻率律動，蝙蝠的超音波大致可分為兩型：一為常頻頻率的 CF 型，頻率固定，音波較單調，含載訊息也較少；另一則為調頻頻率的 FM 型，波長較短，音訊複雜，能迅速判定目標的方向、距離及特徵。是不是很神奇呢？

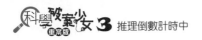

案件5

驚爆炸裂復仇

段考快到了，大家連中午休息時間都拚命用功，一邊扒飯，一邊看書。平常喧鬧的午餐時間，呈現難得的寧靜。這時，有個又高又胖的年輕人把機車停在校門口附近的圍牆邊後，手持一個包裹，來到警衛室。

「我要送東西給學生。」

「除非你用身分證抵押，換取來賓證，等離開校園時再換回。」警衛是由學校簽約的保全人員擔任，今天值班的是一位老伯，他堅持外人不能進入校園。

年輕人搖搖頭說：「那麼麻煩喔，乾脆你幫我轉交好了。」

於是警衛接過來，看看包裝精美的包裹，用手搖了搖，沒有聲音，便問：「裡面是什麼？」

年輕人笑了笑：「沒什麼，只是禮物。」

「要送給誰呢？」

「上面有寫班級姓名。」

警衛看到包裹外面的貼紙上寫著「三年十六班　賴奇錚」，便點頭代為收下，年輕人轉身離去後，警衛隨即向學務處報告這件事情。

幾分鐘後，校園裡的網路廣播系統就在三年十六班教室前方的電視螢幕上，打出「三年十六班賴奇錚同學請至門口警衛室領取包裹」的字樣，取代以往用擴音器廣播，使校園更加安寧了。

奇錚拿到包裹時，想不透是誰寄給他的：「沒有貼郵票，也沒有宅配公司的雙聯單，那是誰送來的呢？」

警衛伯伯說：「是個年輕人送來的，說是送你的禮物。」

奇錚充滿疑惑，在穿越操場回教室的途中，他迫不及待的撕開這個神祕包裹外面的包裝紙，裡面是個紙盒子，才剛掀開紙盒，還來不及看清楚裡面的東西，突然「砰」一聲，奇錚立刻慘叫倒下，警衛趕過來看到他滿臉是血，急忙叫救護車並報警。

寧靜校園突然聽到一聲爆炸，不禁令人心中一震。

馬上就有別班同學衝進教室大喊：「不好了，你們班的奇錚被炸傷了。」班上同學在半信半疑之間，急忙往校門口一探究竟。這時學校的護士阿姨正在檢查奇錚的傷勢，幾位教官站在外圍，不准同學靠近，但同學們都十分心急不想離開，還有人看到奇錚滿臉是血，嚇得哭出來，直到救護車的鳴笛由遠而近停在校門口，醫護人員抬著擔架下來，同學們這才放心回教室休息。

下午的課讓人感覺十分漫長，多數同學沒有心情上課，一心掛念著奇錚的傷勢，第五節下課時，班長接到導師由醫院打來的電話。

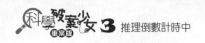

啊啊啊啊啊啊～～～
啊 啊啊啊 啊啊ㄟ
發生什麼事！？

「奇錚的臉部及手上有許多炸碎的玻璃碎片，醫生花了很多時間清理那些碎片，幸好奇錚是個大近視眼，厚重的鏡片保護了他的眼睛，而且沒有傷到重要器官，不會有生命危險，真是不幸中的大幸，只要住院幾天就沒事。」全班同學聽到班長的轉述都稍稍放心，大家相約放學後要到醫院探望奇錚。

明雪由教室窗戶望向操場，看到刑警李雄正在向警衛問話。她心裡很煩躁，想不透怎麼會有人設計這種惡毒的方法，去炸一名單純的高中生，這個案子她管定了！

⌛ ⌛ ⌛ ⌛ ⌛

放學後，李雄一看到明雪走進警局就笑著說：「我就跟張倩說，別的案子妳都管了，同班同學被炸傷怎麼可能不管？」

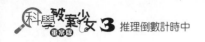

明雪急著要知道調查進度，李雄把案發經過描述一遍：「我調閱了大門的監看錄影帶，可惜歹徒把機車停在圍牆邊，所以沒照到車牌號碼，而且歹徒全程戴著安全帽，所以臉孔也看不清楚。」

李雄一邊說，一邊播放錄影帶給明雪看，明雪緊盯著螢幕，仔細觀察歹徒的每個動作。

這時鑑識專家張倩正好到刑事組來，也調侃明雪一番。

明雪尷尬的說：「好嘛，你們都了解我的個性。張阿姨，快告訴我，妳目前有什麼發現？」

張倩收斂開玩笑的態度，嚴肅的說：「這案子有點棘手，因為包裹碎片中完全找不到指紋，更奇怪的是，一般的爆炸案，一定可以檢驗出殘餘的火藥痕跡，但是今天現場取回的碎片裡完全沒有，倒是玻璃上檢驗出微量的鹽酸，和一般爆炸案不同。」

「沒有火藥？那奇錚怎麼會被炸傷？」

張倩說：「他的臉和手是被玻璃碎屑刺傷，歹徒送來的包裹沾了許多玻璃碎屑，現場也找到破碎的玻璃瓶，加上操場上所有人都聽到爆炸聲，所以奇錚的確是被炸碎的玻璃刺傷，不過沒驗出火藥痕跡，所以我們目前還想不出，歹徒是用什麼方法引爆玻璃瓶。」

明雪提出自己觀察影帶的心得：「監視錄影帶裡，警衛搖了幾下包裹也沒引爆，為什麼奇錚一打開包裹就引爆？」

她停頓了一下繼續說：「當時歹徒並未驚恐後退，顯示有兩種可能，一是，他知道搖晃不會引爆，或者，他只是被人利用送包裹，根本不知道會爆炸。」

李雄點點頭：「歹徒停放機車的位置，恰好是監視器的死角，而且他一直戴著安全帽，手戴皮手套，面貌沒曝光，包裹上也沒留下指紋。種種跡象顯示，這是一件精心設計的犯罪事件，所以我認為第一種情況較為可能。」

張倩也同意：「所以他一定使用了某種特殊的引爆法。」

⧗ ⧗ ⧗ ⧗ ⧗

接下來幾天，明雪用功準備段考，暫時忘了奇錚的案子，班上同學也輪流到醫院為奇錚復習段考重點。

奇錚後來也如期出院參加考試，等最後一堂考完後，奇錚請惠寧代為宣布，賴媽媽為了慶祝奇錚出院，同時感謝同學們這幾天對奇錚的關心照顧，打算邀請同學們參加明天在家裡舉辦的小型餐會。於是大家決定一起出錢訂蛋糕，明早送到奇錚家。

這次段考，化學科有一題考的是「光反應」，明雪對這類題目不是很熟，周六要到奇錚家之前，她先到圖書館借了一本相關書籍。

奇錚位於北投的家，是山坡上的一棟別墅，門前有很大的庭院，庭院裡有漂亮的草皮、小池塘；餐會採自助式，庭院中的長餐桌上有一盤盤餐點，同學們取餐後，散落在庭院各處邊吃邊聊，只有明雪一人坐在樹下，聚精會神的讀著剛借來的書。

突然有人拍她的肩膀，原來是雅薇，「蛋糕送來了都不知道，書呆子。」明雪自己都覺得好笑，竟然看書看到出神，透過庭院的鐵欄杆，她看見一位又高又胖，戴著安全帽的送貨員正跨上機車，隨即發動引擎騎走了。

明雪指著那人的背影問雅薇：「那是送蛋糕的人嗎？蛋糕錢誰付的？」

「是呀！就是他，不過他說蛋糕的錢已經付清，轉頭就走。」

明雪回頭，看到惠寧把蛋糕盒放在庭院中央的餐桌上，解開包裝的繩子，正打算掀開盒子。

她急忙大聲制止：「不要打開！」

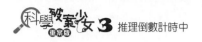

眾人都被明雪的喊叫聲嚇了一跳，紛紛問：「為什麼？」

明雪趕緊要所有人後退，然後向賴媽媽要了兩樣東西：一個黑色袋子和一根竹竿。

賴媽媽丈二金剛摸不著頭腦，奇錚說：「媽，妳就照明雪說的去做，她是個小偵探，這麼說一定有她的理由。」

賴媽媽找來明雪要求的物品後，明雪便用黑色布袋套住蛋糕盒，然後用手伸進去摸索著掀開蓋子，再去摸裡面的東西，她沒有摸到蛋糕，而是冰冷的容器。

「各位，我猜的沒錯，這不是蛋糕，而是歹徒對奇錚的第二次攻擊。」

「啊？」大家一聽，嚇得又往後退了好幾步。

明雪抓緊黑色布袋往前放在草皮中央，然後後退拿起竹竿，確認眾人距離夠遠後，就用竹竿撥開黑色布袋，裡面露出一個玻璃瓶，隨即聽到「砰」一聲，玻璃瓶在大家眼前炸成碎片。

惠寧嚇得冷汗直流：「要不是妳制止，被炸傷的人不就是我嗎？這到底是怎麼回事呢？」

明雪笑著說：「別怕，現在真相大白，我先通知警方抓人，再向你們解釋。」

明雪馬上撥打手機，向刑警李雄報告來龍去脈，並請他去逮捕歹徒，說完後，同學紛紛聚攏過來，想知道整件爆炸案的真相。

明雪說：「剛才我抬頭看到蛋糕送貨員的背影，恰好和送炸彈包裹到學校的歹徒很像，我突然想到之前奇錚為了賣網路寶物，在KTV被化名為木瓜的網友打傷，木瓜的本名叫錢炳盛，體型也是又高又胖。」（請見本書〈案件三、虛擬寶物搶奪事件〉）

奇錚恍然大悟：「妳是說那個錢炳盛已經出獄，而且要來找我復仇？」

雅薇搖頭不以為然：「光憑體型就說送貨員是歹徒，太武斷了吧！」

「我剛才講了，體型只是引發我的聯想而已。可疑的是，蛋糕是我訂的，說好貨到付款，可是這位送貨員沒收錢就急忙走了，天底下哪有這麼好的事？」

明雪舉起手裡的書：「今天早上，我從圖書館借了這本書，裡面介紹了許多光化學反應，其中有一個反應，讓我解開謎團。」

明雪把書翻到其中一頁，交給同學們傳閱，然後繼續說下去：「書上說，氫氣和氯氣混合在一起時，若照射到紫外線會引發爆炸，產生氯化氫氣體。我立刻想到這可能就是歹徒引爆的方法，他在包裹裡放置玻璃瓶，瓶中填充氫氣及氯氣的混合物，在黑暗中不會發生反應，就算搖晃也不會引爆。但是當奇錚打開包裝紙盒的瞬間，陽光照射到瓶子裡的混合氣體，立即引發劇烈的放熱反應，把玻璃瓶炸得粉碎，奇錚就是這樣受傷的。而氫與氯反應後生成氯化氫，和空氣中的溼氣相遇就變成鹽酸，所以爆炸的碎屑中找不到火藥，卻驗出鹽酸。」同學們這才恍然大悟。

明雪接著又說：「送貨員的特殊體型引起我的懷疑，所以為求心安找來黑色

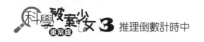

布袋，再把蛋糕盒放進袋子裡，因為光線被阻隔了，我才敢打開蛋糕盒，用手去摸，結果摸到一個瓶子，就知道自己猜對了……」

「也救了我……」惠寧感激的說：「妳剛才用竹竿撥開黑色布袋，就是讓陽光照射混合氣體，所以發生爆炸，對不對？」

明雪點點頭，感慨的說：「剛才的爆炸威力大家都見到了，這個歹徒太狠心，沒想到他還進行第二次攻擊，我已經向警方報告，也提供可疑的嫌犯姓名，相信很快就可以逮捕他，奇錚你可以放心了。」

賴媽媽拿著掃把要清理草皮上的碎屑，明雪急忙制止她，「這是刑案證據，不要清理，等一下警方鑑識人員會來蒐證。」

這時候門口有人大喊：「送蛋糕。」

「又有第三波攻擊啦？」眾人面面相覷。

明雪走向前去，向送貨員問了一些訂貨的細節，便付錢簽收蛋糕。

她轉身對同學們說：「放心啦，這次真的是我們訂的蛋糕啦！」

大家仍然心有餘悸，每個人都退得遠遠的，只好由明雪掀開蛋糕盒，果然是令人垂涎三尺的草莓蛋糕，於是眾人才開開心心的圍過來分享，現場又恢復歡樂的氣氛。

⌛ ⌛ ⌛ ⌛ ⌛

不久後張倩前來進行蒐證，同時帶來好消息：「錢炳盛還沒進家門，就遭到李雄組長逮捕，他承認兩個爆炸案都是他做的。他坐牢期間，在獄中向一名有化工背景的犯人學習這一套爆裂物的製作手法，前幾天出獄後，因懷恨奇錚害他入獄，所以就把奇錚列為報復對象。」

明雪氣憤的說：「太可惡了，自己犯罪還要怪別人，奇錚已經被他炸得這麼

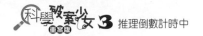

慘，還要發動第二波攻擊……」

張倩停頓了一下，才嚴肅的說：「根據他的供詞，第二波攻擊的對象，其實是妳……」

「我？」明雪訝異的問。

「是的，因為當初他被帶到警局時，妳就站在我身旁，記得嗎？所以他決定找妳復仇，他打聽到你們今天這裡有訂蛋糕，所以就冒充送貨員將爆裂物送來，他認為掀開蛋糕盒時，大家都會圍在旁邊，所以一定可以炸到妳。至於會不會傷及無辜，他就不管了……」

「好可怕！」明雪不禁打了寒顫，「不過，我不怕，就因為這些歹徒太可惡了，所以我更堅定決心，將來要當一名鑑識專家或法醫，好將更多的歹徒繩之以法。」

科學破案百科

如果氫氣在氯氣中是以安靜燃燒而非劇烈反應的方式，就會呈現出白色火焰的反應現象，同時伴有白霧（為氯化氫溶解於空氣中的水所形成的鹽酸小液滴）生成。

但若是在光線照射的條件下，氫氣與氯氣混合後的氣體，就會發生劇烈的燃燒反應──爆炸，然後變成有潛在危險性的「氯化氫」，由氫氣與氯氣反應生成，其化學方程式為：

$H_2 + Cl_2 \rightarrow 2HCl$

另外，氫在常溫中也容易和氟發生劇烈的燃燒反應，而生成氟化氫。氟化氫是無色氣體，可在許多化學反應中擔任催化劑；且氟化氫易溶於水，形成氫氟酸，氫氟酸可作為製造氟元素的原料，其酸性雖然不強，但可腐蝕玻璃，毒性極強。

案件 6

被搶的鈷藍天空

星期天，明安一家人到美術館參觀，一樓正展出知名女畫家許盈雯的油畫。她花費一年時間到墨西哥寫生，由於畫風獨特，很多人搶著收藏，所以身價也水漲船高。

明安的美術老師指定學生參觀這次畫展，並且撰寫心得，因此他們全家人選定假日一起來欣賞。觀展民眾從美術館門口排到停車場，說不定有很多學生也是為了完成作業而來。

好不容易進入展場，明安看到繽紛油畫不禁發出讚嘆：「哇！墨西哥的天空好藍，好漂亮喔！」

爸爸卻冷靜的分析起來：「最適合畫天空的顏料就是鈷藍，由氧化亞鈷和氧化鋁製成，鈷藍作為顏料已有一千多年歷史，例如中國宋代景德鎮的青白瓷，就以鈷藍為原料。它非常持久，不易褪色……」

媽媽忍不住拍了爸爸一下：「別殺風景，欣賞藝術時別談化學好嗎？」

明雪和明安受不了老爸的枯燥化學課，轉頭看看四周後，發現有一位繫著紅頭巾、打扮亮麗的中年婦人，正為參觀民眾簽名。因為報上曾刊登許盈雯的照片，兩人馬上認出婦人就是畫家本人，立刻跑去找她簽名。

明安興奮的說：「阿姨，我好喜歡妳畫的天空喔！」

許盈雯笑著回答：「我專門用鈷藍畫天空，我非常喜歡這種顏色……」

明雪回頭望了爸爸一眼，爸爸得意的撇撇嘴。

明安拿到簽名後，滿足的說：「我這次作業一定會拿高分！」

明雪搖搖頭，潑弟弟冷水：「光拿到畫家簽名沒有用，心得要言之有物。」

明安一聽，趕忙請教許盈雯創作時的心境，並且抄寫筆記。經過她的解說，每幅畫作彷彿都有了生命，大家覺得受益良多。當她提到使用顏料的心得，爸爸藉機解釋顏料的化學成分及性質，感興趣的許盈雯也專心聆聽。

這時，一位西裝筆挺的男士表明要買畫，明安一家人不好意思影響他們談生意，只好向畫家道別。

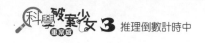

因為談得相當投機，許盈雯留下一個地址：「這次畫展將於下星期五結束，你們下星期六可以來我畫室，看看其他作品。」

離開一樓展場後，明安仍意猶未盡：「我好喜歡許阿姨的畫作，真希望能擁有一幅！」

爸爸苦笑著說：「別開玩笑了，她的畫作都價值百萬，爸爸怎麼買得起？」

媽媽安慰他：「別氣餒，我們買本畫冊當紀念，不也等於擁有這些畫作嗎？」

到紀念品部買完畫冊後，明安直喊肚子餓，媽媽笑著搖頭：「我就知道，每次到美術館，最後參觀的地點肯定是地下一樓餐廳。走吧，愛吃鬼！」

雖說是餐廳，其實只是附有餐桌的便利商店，架上放了麵包、餅乾、三明治及餐盒，冰櫃裡則有飲料。一進入地下室，兩姊弟就到架上搜尋從小就愛吃的餅乾，爸媽則選了餐盒和咖啡。

吃了幾塊餅乾，明安從包裝餅乾的紙盒取出一個小塑膠袋，裡面裝著許多粉紅色珠子，「我一直搞不懂餅乾盒裡放這個做什麼，又不能吃！」

「這是會吸收水分的矽膠，可當作乾燥劑使用，餅乾才不會因潮溼而失去酥脆口感；況且環境潮溼容易滋生黴菌，放入乾燥劑還可延長保存期限。瞧，我這盒也放了矽膠。」明雪也從餅乾盒拿出乾燥劑。

「咦，為什麼妳的乾燥劑是藍色，我的卻是粉紅色呢？」

「為了知道這些矽膠是否吸飽水分，廠商會在矽膠中添加微量氯化亞鈷。氯化亞鈷是藍色的，但吸水後會變成粉紅色，這樣就能提醒廠商該更換新的乾燥

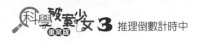

劑。乾燥劑顏色不同表示我這盒較乾燥，一定比你那盒有點潮溼的餅乾好吃。」

明雪故意逗弄弟弟。

「那我要吃妳的！」明安伸手就往姊姊的餅乾盒裡抓，明雪則快速閃躲。

一陣打鬧後，明安又問：「那我這包乾燥劑就沒用了嗎？」

明雪好心為弟弟解答：「只要放到太陽底下晒乾，就會恢復藍色，可重複使用。」

吃飽飯後，一家人踏上歸途。始終惦記這件事的明安，回到家後就把粉紅色的乾燥劑放在窗臺邊晒太陽，約十分鐘後，乾燥劑就變成藍色，令他嘖嘖稱奇。

⌛ ⌛ ⌛ ⌛ ⌛

明安的心得報告因為內容生動且資料豐富，果真得到高分。星期六，他興高采烈的用零用錢買了一份小禮物，準備送給許盈雯；因為爸媽臨時有事，姊弟倆決定自行前往拜訪。

兩人遠遠看見畫室門前停著一輛小貨車，上星期在畫展說要買畫的男子仍是一身筆挺西裝，正和一名工人合力把多幅油畫搬上車。

明雪轉頭對弟弟說：「看來生意談成了，阿姨會有一大筆收入。」

「這樣一來，她就能繼續到世界各地寫生了。」明安也很高興。

西裝男回頭看到他們，臉色愀然一變，匆忙招呼工人上車，疾駛而去。明雪和明安兩人見畫室的門沒關，就走到庭院呼叫，但屋內沒人應答。

「奇怪，不是有人來取畫嗎？許阿姨呢？」明雪覺得事情有點詭異。

「管他的，我們直接進去吧！」說完，明安一溜煙就往屋裡衝。

明雪來不及阻止，就聽到明安大叫：「阿姨，妳怎麼了？」她急忙跑進屋裡，只見畫架翻倒在地，桌椅也東倒西歪，許盈雯身上穿著工作服，卻陷入昏迷。明

畫室門沒關？
奇怪，不是有人來取畫嗎？許阿姨呢？
管他的，我們直接進去吧！
咦咦～明安？
阿姨，妳怎麼了？
！

雪立刻明白剛才那兩人是來搶劫的，立刻轉頭追出去，但已看不到小貨車的蹤影，她只好打手機報警。

明雪返回客廳時，許盈雯已清醒過來，氣若游絲的說：「他們假意要買畫，才喝完一杯咖啡，就突然動手搶畫，還打暈我……」

明雪連忙趨前安慰她：「阿姨，別擔心，我已經向警方報案了，救護車應該馬上就來。」

許盈雯抬頭看看時鐘，喃喃自語：「奇怪，他們似乎對我藏畫的地方很熟悉，才能在短時間內做案……」

這時，一名穿著黑色衣褲的婦人，略微慌張的趿著拖鞋走進門：「許小姐，妳怎麼了？」

許盈雯有點驚訝：「阿芳，妳今天不是請假嗎？怎麼又來了？」

「我本來要去逛街，剛好經過這裡，看到門沒關，就進來看看。」名叫阿芳

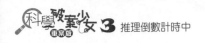

的婦人邊回話，邊扶起許盈雯。

許盈雯對明雪姊弟解釋：「阿芳是我的傭人，住在附近，會定期來打掃畫室。」接著，她就向阿芳敘述畫室被搶的經過，但阿芳顯得有些心不在焉，直嚷著要趕緊整理一團亂的畫室。

明雪和明安見她有人照顧，就說：「阿姨，我們到外面等警察和救護車。」

兩人在門口等候時，明安拿出一些粉紅色顆粒把玩，明雪吃驚的問：「你還在玩乾燥劑？」

明安點點頭：「對呀！它會吸收我手裡的水氣，變成粉紅色，放在陽光下又晒成藍色，好好玩喔！」

明雪卻板起面孔教訓弟弟：「鈷是重金屬，雖然量少，毒性輕微，但你不應該撕開塑膠袋直接把玩。」

遠處響起警笛聲，明安不顧姊姊訓話，回頭就往屋裡衝，嘴裡還喊著「救護車來了」，不料他和阿芳撞個正著，阿芳手裡的抹布和小型噴霧器掉落地面，明安手上的乾燥劑也撒了一地。

明雪先是開口罵他「冒失鬼」，接著向阿芳道歉，並且幫忙收拾。手忙腳亂的同時，她卻隱隱覺得不對勁：掉落在不知名液體中的矽膠竟變成藍色，而畫室空氣中也彌漫著淡淡的刺鼻氣味……

這時，進入屋內的救護人員把許盈雯抬上擔架，準備帶走。負責偵辦的李雄警官問了她幾個問題，大致了解案情後，就指派一名警員一同搭乘救護車，繼續詢問案情。

鑑識專家張倩則制止撿起抹布的阿芳，但阿芳堅持要清掃：「許小姐很愛乾淨，畫室被弄得這麼髒亂，我得整理一下。」

張倩提高音量制止她：「這是犯罪現場，要等警方採證完畢才能打掃，妳再不聽勸告，我就以破壞刑事現場的罪名逮捕妳！」

阿芳把抹布一丟，不高興的說：「不讓我打掃就算了，反正我今天休假，沒必要留在這裡。」說完，便扭頭就走。

明雪急忙附到李雄耳邊：「李叔叔，別讓她離開，我懷疑她和搶匪是一夥的。」

李雄雖半信半疑，但因為多次案件都靠明雪的細膩觀察而水落石出，所以仍指派一名便衣刑警跟蹤阿芳：「不要打草驚蛇，詳細記下她和什麼人接觸、去過什麼地方，有可疑之處隨時向我報告。」

刑警點點頭，馬上追了出去。

李雄不解的問：「根據許小姐的口供，阿芳比你們晚抵達現場，為什麼妳認為她和搶匪有關係？」

明雪拉著李雄蹲下來：「你看地上的小珠子呈現什麼顏色？」

「有的藍色，有的粉紅色。不過，這些到底是什麼東西啊？」

明安飛快回答：「這是含有氯化亞鈷的矽膠啦！乾燥時呈藍色，遇到水會呈粉紅……奇怪，這些珠子明明掉在水漬中，怎麼變成藍色的？」

明雪點點頭，「我剛才要撿拾這些矽膠時也覺得奇怪，後來發現這些液體不是水，而是酒精。酒精是溫和的脫水劑，會與水競奪鈷離子，所以溶於酒精中的氯化亞鈷呈現藍色——你們摸，這些液體涼涼的，仔細聞還有一股刺激氣味。」

李雄微微皺眉：「這裡為什麼會有酒精？」

「我剛才不小心撞到許阿姨的傭人阿芳，這些酒精是從噴霧器裡灑出來的。」明安據實以告。

明雪道出推論：「一般人看到桌椅或畫架東倒西歪，應該會先扶正，就算要擦拭也會先選擇清水，除非頑強汙漬才動用酒精。但阿芳為何不等傷者送醫便急著擦拭，而且第一時間就使用酒精？我本來想不通，但張阿姨要求她不要破壞現場時，我就懂了——許阿姨擅長油畫，她的工作服上沾有許多油性顏料，歹徒與她拉扯又打翻畫架，肯定會不小心沾到顏料，而留下指紋或鞋印……」

「所以阿芳今天請假又突然出現，是刻意安排的，對吧？這夥人本來打算趁許小姐陷入昏迷時，搬光所有畫作，而阿芳也有充裕時間消滅證據，沒想到妳和明安意外來訪，歹徒只好倉皇離開。原定善後的阿芳被他們及時叫來，想趕在警方抵達前用浸泡過酒精的抹布清除指紋，未料明安不小心撞到她，拖延了清掃時間，還被妳察覺矽膠變藍的反常現象，所以妳才懷疑阿芳。」張倩接續說明，明雪則頻頻稱是。

李雄點點頭：「許小姐剛才也提到歹徒似乎事先就知道畫作放在哪裡，我也懷疑是內神通外鬼。她還告訴我，歹徒上周在畫展會場以一萬元現金訂畫，約好今天取貨，所以她不疑有詐就開門了。不過，她不知道對方姓名，現在能否採集到指紋非常重要。」

明安擔心的問：「萬一歹徒戴手套，不就沒辦法追查嗎？」

張倩拍拍他的頭，笑著說：「放心，我剛才不只採集到可疑的指紋，也發現許多鞋印。明雪猜得沒錯，這些指紋、鞋印都沾染到油畫顏料，所以很容易找到。」

明安鬆了一口氣，接著熱心提議：「對了，我和姊姊都看過歹徒的面貌，如果有口卡，我們就可以指認。」

這時，李雄的手機響起，便走到一旁接聽。

不久，掛斷電話的他大聲宣布：「還有更好的消息！許小姐發揮畫家本領，在前往醫院途中，畫出一張歹徒素描。有了這麼多線索，不怕抓不到歹徒！」

⌛ ⌛ ⌛ ⌛ ⌛

第二天，明安一家人去醫院探望許盈雯，李雄正巧在那兒告知她破案的好消息：「我們由採集到的指紋，查出嫌犯名叫簡仁斌。這傢伙前科累累，專門搶劫藝術品，走私到國外以高價賣出。他事先買通阿芳蒐集情報，才能知道妳藏畫的地點。」

許盈雯搖頭嘆息：「真是知人知面不知心啊！」

「幸好明雪提醒，我們才能及時跟蹤阿芳，發現她昨天下午離開畫室後，就和簡仁斌會合，索取酬勞。根據跟蹤員警回報的歹徒藏匿地點，昨晚大規模攻堅，將犯案三人統統逮捕，妳的畫作也全部追討回來了。」

許盈雯甚感欣慰，摸摸明雪和明安的頭：「謝謝兩位小偵探的協助，我決定從失而復得的畫作中，選一幅送給你們。明安，你最喜歡哪一幅？」

明安因為用心撰寫美術報告，對許盈雯的畫作瞭如指掌，馬上回答：「我最喜歡那幅《美麗的天空》！」

她立刻爽快應允，但爸媽覺得這份禮物太貴重，不敢接受。

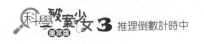

許盈雯笑著搖頭：「這些畫差點落入歹徒手中，能全部找回來，算是奇蹟。再說，要不是這對小姊弟趕到，說不定連我都被歹徒滅口。懂得欣賞畫作就有資格擁有，請你們收下吧！」

由於許盈雯非常堅持，爸媽只好道謝接受。

走出醫院後，爸爸大開玩笑：「哇！我們家客廳快掛上一幅百萬名畫，我們要變有錢人了！」

怎知明安臭著臉，略帶不滿的說：「什麼有錢人？這幅畫是阿姨送我的，不准把它賣掉！」

爸爸一臉委屈：「我又沒說要賣，幹麼那麼凶？」

媽媽和明雪看見爸爸的表情，不禁哈哈大笑。

科學破案百科

矽膠是最常見的乾燥劑，是矽酸鈉加酸後製成。因為這些顆粒本身就有多孔構造，所以吸附面積極大，可吸附許多物質，若作為乾燥劑，除溼力強、防潮性佳。若再添加氯化亞鈷作為指示劑，則可顯示是否已吸飽水分。

氧化鈣亦常用作食品、衣物或照相機乾燥劑，又稱為生石灰，呈白色或灰白色塊狀物。生石灰吸水後會變成氫氧化鈣，也就是所謂的熟石灰。雖然氧化鈣吸水能力比矽膠強大，但鹼性強，具腐蝕性，而且只要吸水變質後，就無法重複使用。

案件 7

海邊漂浮女屍

星期五的自然與生活科技課堂上，明安做了一個有趣的實驗。

老師要求同學把生雞蛋放進一杯自來水中，待大家發現雞蛋會沉在水底，他便指示同學取出雞蛋，慢慢加入食鹽；每加一匙，就用筷子攪拌，直到全部溶解後，再加第二匙。加入五、六匙食鹽後，老師再次要求大家把雞蛋放入鹽水中，同學們驚訝的發現雞蛋不再沉入水底，而是浮在水面。

老師解釋：「生雞蛋的密度略大於1克／立方公分，所以會沉在水底。但添加食鹽後，水的密度增加，如果溶解的食鹽夠多，水的密度就比雞蛋大，所以雞蛋會浮在鹽水上。」

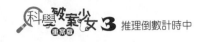

認真的明安舉手發問：「老師，如果我們在海裡游泳，是不是也比較容易浮起來？」

老師點點頭表示：「沒錯。舉例來說，以色列和約旦之間有個死海——它其實並非海洋，而是內陸鹽水湖，只是因為鹽分太高，湖裡沒有任何動、植物能存活，所以被命名為死海。可是對人類來說，這是一片死不了的海，因為人體根本沉不下去！到死海度假的遊客，還可以優閒的躺在水面上。」

老師邊詳細說明，邊在螢幕上展示投影片：一名旅客頭戴草帽，躺在湛藍湖水上翻閱雜誌。

同學們不禁嘖嘖稱奇，老師則繼續補充：「船舶從河流駛入海洋時，吃水量減少，也就是船身會向上浮，這些現象都顯示鹽水密度比淡水大，所以物體在鹽水中比較容易浮起。」

放學後，明安和幾位同學一起走路回家，對於剛剛的課程大家還意猶未盡，因而熱烈的討論著實驗的內容。

忽然間，明安看見一道熟悉身影從便利商店走出來，興奮大喊：「魏大哥！」

原來對方是私家偵探魏柏，他面帶微笑，向明安點頭示意。

明安發覺他變黑了，好奇詢問：「魏大哥，你怎麼晒得那麼黑啊？」

魏柏笑著回應：「我最近迷上衝浪，放假就往海邊跑，所以晒得比較黑。」

「衝浪？好像很好玩耶！魏大哥，我可以跟去開開眼界嗎？」提到玩耍，明安就興致高昂。

「可以啊！我明天一大早出發，如果你的父母同意，我可以去接你。」魏柏一口答應他的要求，明安立刻向魏柏道別，快步踏上回家的路——他已經等不及

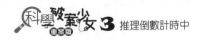

要詢問爸媽的意見了。

一回到家，明安立即徵求父母的同意，爸爸聽到是和魏柏出遊，馬上點頭應允，明安便打電話和魏柏約時間。

魏柏的聲音從電話那頭傳來：「我們得早點出發，才不會被太陽晒昏頭……這樣好了，我早上六點到你家接你。」

雖然明安都會在假日睡懶覺，但為了到海邊玩，即使犧牲睡眠也在所不惜。

⧗ ⧗ ⧗ ⧗ ⧗

第二天，不等媽媽敲門，明安就自行起床了。他安靜的梳洗完畢，便到門外等候魏柏。六點一到，魏柏的車子準時出現，兩人就直奔海邊。

到達目的地後，魏柏把車子停在路邊，從後座取出衝浪設備。魏柏帶著明安做熱身運動，並教他如何在衝浪板上平衡身體。

等他漸入佳境，魏柏拍拍他的肩，「你今天就在這裡練習，我先去衝浪。」語畢，就抱著衝浪板下水。

他先是趴在滑水板上撥水，接著藉由海浪的力量站起身來，迎向浪頭。明安非常羨慕魏柏的矯健身手，但也知道自己只有加緊努力，練習板上平衡，才可能像他那樣厲害。

幾分鐘後，魏柏十萬火急的趕回岸上，高聲喊道：「明安，快報警！有人漂浮在海面上，因為太遠了，我無法辨別他的生命狀態！」聞言，明安急忙跳下滑水板，拿出手機報案。

約莫十分鐘後，警方已趕到海邊，救難船也前往搜尋，可惜幾分鐘後傳來壞消息——漂浮在海上的，是一具女屍。

待救難船把屍體打撈上岸後，警方也拉起了封鎖線。

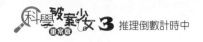

明安遠遠看到那名死者穿著碎花洋裝，心想：看來不是衝浪溺斃的。這時許多遊客則失去遊興，紛紛離去。

魏柏則脫下溼淋淋的泳裝，穿上黃色套頭衫——是他發現屍體的，必須留下來做筆錄，暫時不能離開。

不久，警官李雄帶著鑑識專家張倩抵達現場。因為李雄承辦一起女性失蹤案件，懷疑這名死者就是他在找的人，所以前來確認。

他看過大體後，皺眉向張倩解釋：「唉，果真是失蹤的女店員黃聖婷。她母親在前天深夜報案，說她星期四早上出門上班後就沒回家……沒想到今天終於找到她了，卻是一具冰冷的遺體。」

接著，李雄詢問魏柏發現屍體的經過，並指示員警製作筆錄，張倩則忙著在現場蒐證。

因為兩人先前就認識，所以魏柏好奇反問：「既然前天深夜就報案，那你們應該做了一些調查吧？」

「嗯，沒錯。黃小姐現年二十七歲，在同一家店工作已經有三年了。她平日工作很勤快，星期四那天事先請了假——可是，她並未告知母親自己沒去上班的事。其他店員透露，她男友是遠洋漁船船員伍家慶，我們查到星期四那天，伍家慶正好準備出海捕魷魚，此趟航程預計要三個月。我猜，黃小姐是請假送男友出航，但因為兩人交往的事並未讓母親知道，所以沒告知她當天行蹤。」李雄大致說明案情。

魏柏點點頭：「這番推論還滿合理的。一般而言，溺斃的人差不多兩、三天就會浮起來，若往前推算……黃小姐可能在失蹤的第一天就發生不幸，如果真是這樣，伍家慶就涉有重嫌。或許他們在碼頭道別時起了爭執，伍家慶就把黃小姐推入海裡，然後登船遠走高飛。」

李雄面容一板，堅定的說：「如果人真的是他殺害的，即使跑到天涯海角，也難逃法網！」

這時，張倩剛好完成初步蒐證，便指示警員將屍體運回實驗室，以進行更詳細的檢驗。

明安好奇的問：「阿姨，為什麼溺斃的人在兩、三天後會浮起來？我聽同學說是死者顯靈……」

張倩立即否認：「當然不是。人過世後，器官會腐壞，遭細菌分解即產生氣體；因為體積變大、整體密度變小，所以才往上浮升。」

李雄提出質疑：「如果是泡水兩、三天才浮起來，應該會全身腫脹，但黃小姐的面貌和她媽媽送來協尋的照片沒有太大不同，不是很奇怪嗎？」

眾人陷入苦思，不知如何解釋這個不合理的現象。

忽然，明安雙手一拍，大喊：「我知道了！本來溺斃的人要兩、三天才會浮出水面，但這裡是海洋，密度較大，所以遺體尚未腫脹得很厲害就浮起來了。我們應該縮短黃小姐落水的時間，才不會弄錯調查方向。」

張倩深感贊同：「有道理！沒想到我們竟然陷入盲點。明安，你的推理功力變強囉！」

明安不好意思的搔搔頭：「昨天在課堂上剛好做了一個實驗，發現生雞蛋在淡水中會下沉、在鹽水中會浮起，才引發我的聯想。」

魏柏也道出自己的推論：「這麼說來，黃小姐生前可能就掉落河川，恰巧漂流到這裡，遇到密度較大的海水，才浮出水面。如此一來，伍家慶的嫌疑就大幅降低。」

張倩又補充了一句：「我剛才發現，黃小姐身上沒有明顯傷痕，但碎花洋裝有一道撕裂的缺口，可能是落水前勾破的。如果能找到衣服纖維遺留處，或許就可以確定案發現場。」

隨後，她把證物帶回化驗，李雄則頻頻以電話與外界連繫。

待現場工作告一段落，魏柏要送明安回家，李雄走過來告知他們：「我透過船公司的幫忙，請他們用無線電幫我接上線，向目前人在漁船上的伍家慶問話。他堅稱直到星期四傍晚上船為止，黃聖婷都安然無恙的和他在一起，船長也向我保證，當天因為發電機故障，他們比預計時間慢了一小時出航，而且他親眼看見黃聖婷站在碼頭邊揮手，所以伍家慶沒有犯案嫌疑。」

因為已過中午，魏柏先帶明安到附近麵攤吃午餐。這時，保險公司打電話給魏柏，要他調查這起案件——原來，黃聖婷是保險公司的客戶。

魏柏感慨的說：「黃小姐漂浮在海上，我是第一發現者，現在公司又派我調查，我總覺得冥冥之中，自己好像有責任協助警方釐清案情。」

上了車後，魏柏拿出地圖，仔細研究。

明安不解的問：「魏大哥，你為什麼要研究地圖？」

魏柏頭也不抬的回答：「我想，黃小姐沒有告訴媽媽請假的事，加上漁船啟航的時間晚了一小時，心急如焚的她想必會以最快速度趕回家。所以，只要找出她回家的路線中，哪個地點離河流最近，應該就能找到案發現場。從碼頭到她家，最快的方法是先搭火車，再換公車……你看，從火車站走到公車站牌，要穿越一座公園，而公園旁就有一條河流──這條河的出海口，正是我們衝浪的地方。」

「太好了，我們快去調查！」明安興奮的說。

未料魏柏搖搖頭，「我覺得，還是先送你回家。」

明安馬上使出「纏功」：「魏大哥，拜託嘛！今天是假日，回家也沒事做，就讓我參與調查工作啦！」

魏柏拗不過他，只好勉強答應：「好吧！報案電話是你打的，況且要不是你點出海水密度較大，我們也想不通案發時間的矛盾。不過，如果我判斷有危險，你要聽我的話，馬上撤離喔！」

「沒問題！」明安聽到能參與調查，立刻爽快的答應。

抵達火車站後，兩人親自走一趟魏柏剛才模擬的路線。

進入公園前，魏柏故意要明安去問路，明安走到公園門口，問一位賣香腸的小販：「阿伯，我要搭26路公車，怎麼走最方便？」

熱心的小販立即回應：「只要穿過公園，從另一邊的出口出去就到了。不過，你這麼小，又一個人，我建議你沿著公園外的圍牆走。這裡常有流氓調戲婦女或欺負小孩，尤其晚上更不安寧。」

魏柏這時才走過來，向小販道謝：「謝謝你的警告，不過，我們趕時間，還是走捷徑好了。」

小販見他們不聽勸阻，無奈的搖搖頭，「你們自己小心點。前天晚上我還聽到公園裡傳來女孩子尖叫的聲音，他們大概又在欺負夜歸婦女。」

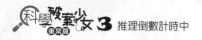

金大條香腸
炭火高粱
這裡常常有流氓調戲婦女或欺負小孩，尤其是晚上更不安寧。
你這麼小，會有危險的。
謝謝你的警告，不過，我們趕時間，還是走捷徑好了。
你們自己小心點。
前天晚上我是還聽到公園裡傳來女孩子尖叫的聲音，他們大概又在欺負夜歸婦女。

魏柏和明安對看一眼，心裡都有了譜，快步走進公園。裡面果然很冷清，只有疏疏落落幾個人散布在角落，以充滿敵意的眼光瞪著他們。

明安嚇得躲到魏柏身後，魏柏則拿出手機，將小販的說法告知李雄：「他提供的資訊很有用，你要不要立刻來一趟？我們現在要到河邊，看看有沒有什麼線索。」

來到河邊，魏柏蹲下身去，仔細查看岸上的欄杆，「你瞧，上面有一條撕裂的碎花布條，花色正好和黃小姐穿的一樣。」他正因發現重要線索而感到高興時，明安卻緊張的扯住他的衣袖。

魏柏回頭一看，發現三個年輕人站在身後。

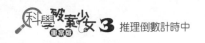

帶頭的年輕人穿著紅色套頭衫，凶狠的對他們兩人說道：「你們不知道這是誰的地盤嗎？」

魏柏發出冷笑：「哼，終於現身啦？前天晚上，你們是不是也這樣欺負一位夜歸的小姐？」

紅衣老大略顯慌張，回頭吆喝兩名手下：「給我打！」

另外兩人一擁而上，但魏柏毫不畏懼，出手還擊。幾分鐘後，兩人不支倒地，魏柏回頭想解決那名老大時，卻發現明安被他抓住。

「快放開他！」魏柏著急怒吼。

但對方緊抓明安不放，還強行辯駁：「你怎麼知道前天晚上的事？我們沒對她怎樣，只是想跟她開玩笑，誰知道她轉身就往河邊跑，我們追過去時，她已跨過欄杆、跳進河裡，游泳逃走了……」

魏柏聽他避重就輕的解釋，憤怒不已：「她被你們害死了！」

聽見自己闖下大禍，紅衣老大呆住了，明安立刻乘機掙脫他的控制。

魏柏則趁這機會跨步上前，一拳將他擊倒，兩名手下見狀急忙想開溜，一道健壯身影卻擋在眼前——原來是李雄趕到了！他張開雙臂，一手一個，把兩名

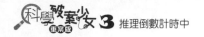

手下牢牢抓住，身後的兩名員警也將紅衣老大拎起來，戴上手銬。

氣喘吁吁的魏柏拍拍明安：「你沒事吧？我沒想到這群流氓這麼囂張，萬一讓你受傷，我可不好向你父母交代。」

明安搖搖頭：「沒事，我們替黃小姐報了仇，就算冒一點險也值得！」

語畢，這對忘年之交相視而笑，希望這個結果能聊慰黃小姐在天之靈。

科學破案百科

海水密度是指單位體積的海水質量，簡言之，密度隨著海水鹽度和溫度產生變化。如文中所述，淡水的密度比海水的密度低。

同樣是海水，鹽度又與溫度有關——赤道地區的溫度較高、鹽度很低，所以表面海水的密度就很小，大約只有 1.0230 克／立方公分；但由赤道往兩極方向走，不但鹽度提高，而且水溫降低，所以海水密度可達 1.0270 克／立方公分以上。

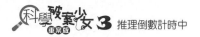

案件 8

走味的致命紅酒

星期五早上，雨下不停，明雪和明安吃完早餐後站在窗邊，望著天空發愁，心想：「下雨天要拿著溼答答的傘擠公車，真不舒服。」

爸爸看出他們的心事，心軟的說：「我今天要到坪林開會，順便載你們去學校好了。」

姊弟倆一陣歡呼，馬上穿鞋出門。

下雨天本來就很容易塞車，但今天實在太誇張了，離校約一公里的某條街道被塞爆，完全動彈不得。眼看姊弟倆就快遲到，爸爸提議乾脆用走的比較快。

明雪和明安下車走了一段距離，終於發現大塞車的原因——某輛轎車竟開上安全島、撞倒行道樹，不但車頭全毀，還阻礙交通。

明安看見在現場指揮的是李雄警官，就揮手打招呼：「李叔叔早！」

明雪也關心的問：「怎麼撞得這麼慘啊？」

李雄搖搖頭：「唉！又是酒後開車惹的禍。這名女駕駛被困在撞扁的車身裡，我們費了九牛二虎之力才把人救出來，但她渾身酒味，現在已送到醫院。她的傷勢很重，非常不樂觀；就算她被救活了，也要面對司法調查。」

因為兩人急著上學，李雄也忙於指揮肇事車輛的拖吊工作及疏導交通，所以三人匆匆道別。

明安一踏進校門，上課鐘聲剛好響起，他便趕緊跑進教室。

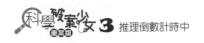

下課後，歐麗拉走過來對他說：「告訴你喔，我媽媽已結束美國的工作，搬到臺灣來了。」

「哇，我真為妳高興！」明安開心回覆。麗拉的爸爸因為在臺投資生意，所以帶著她定居臺灣，歐媽媽則暫時留在美國。麗拉很想念媽媽，現在一家人終於團圓，難怪她會這麼高興。

麗拉接著說：「上次你和你姊姊協助我爸爸破案，他一直要邀請你們全家到他的大飯店用餐，你們卻婉拒了。今天早上爸爸又提起這件事，希望能敲定明天中午聚餐，順便讓媽媽認識你們，你看怎麼樣？」（請見《科學破案少女【重案版】2無所遁形的實證》中〈案件五、飯店竊案——消失的筆跡〉）

聽見有大餐可吃，明安的口水都快流出來了：「明天是假日，我想應該可以吧！但我得問一下他們有沒有空。」

經由手機確認大家都樂意赴約後，明安和麗拉就敲定這場午餐約會。

隔天早上天氣轉晴，大家都很開心。吃早餐時，爸爸提起昨天在車禍現場看見李雄，可惜他在執勤，兩人沒能聊上天。

媽媽笑著提議：「那我們去聚餐前，先到警局找他聊聊吧！」

姊弟倆舉雙手贊成，爸爸也欣然同意。

一行人到警局時，李雄正好從偵訊室走出來，身後跟著一名五十歲左右的男子，頭髮抹得油亮，臉上布滿皺紋，一副歷經風霜的模樣。

李雄轉頭叮嚀他：「吳先生，夫人這起車禍疑點重重，警方需要深入調查，請您不要遠行。」

男子面無表情的說：「我太太還在住院，我得照顧她，當然不會出國。」

送走男子後，李雄便邀他們到辦公室坐坐。

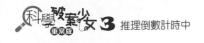

爸爸好奇的問：「剛才聽你提到車禍，跟昨天早上的事件有關嗎？當時我也堵在車陣裡，看見你忙著指揮交通，就沒叫你。」

李雄點點頭：「沒錯，他就是肇事者的丈夫。肇事者名叫詹筱瑩，是航空公司職員，目前仍在加護病房，尚未清醒。昨天在搶救過程中，我們就聞到她身上有酒味，後來醫生抽血檢驗，發現血液酒精濃度高達0.11％，換算成呼氣量，就是每公升含有0.55毫克酒精，已明顯觸法不說，還嚴重超標，可處三年以下有期徒刑得併科三十萬元以下罰金。」

媽媽不禁搖頭：「喝這麼多酒還開車，多危險哪！如今把自己害慘了。」

李雄繼續說明：「的確很不應該，但急診室的醫生從詹小姐的病歷發現，她前幾天才因感冒引發肺炎，到同一家醫院求診，於是找來呼吸道科醫師會診。呼吸道科醫生說，他開了醫師證明給詹小姐，讓她休息三天，算起來，昨天是銷假上班的第一天，而且他曾特別叮嚀詹小姐不可以喝酒……」

「好奇怪喔，詹小姐為什麼不聽醫生的話？」心直口快的明安疑惑的問。

李雄不在意被打斷，接著補充：「沒錯，醫生也覺得奇怪，已經生病三天的人怎麼還喝這麼多酒？我之後到航空公司調查詹小姐是否有酒癮，結果出乎意料——公司同事都說詹小姐滴酒不沾，對於她酒醉駕車感到不可思議。」

「嗯，的確很奇怪！」明雪感興趣的問：「李叔叔，你是懷疑詹小姐的先生，所以才找他來問話嗎？」

「我們覺得這件案子可能不是單純的酒醉駕車，但目前毫無頭緒，所以沒有特定嫌犯，只是請他回想昨天詹小姐是否有異常情形，才讓她一反常態的酒後駕車。」李雄據實以報。

明雪立刻追問：「結果呢？」

李雄翻翻筆記：「嗯……他叫作吳翔年，是同一家航空公司的機長，經常飛國際線，所以我才叮嚀他調查工作結束前，暫時不要出國。根據他的說法，他前

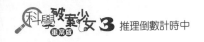

天晚上才從日本飛回臺灣，深夜抵達家門。昨天早上詹小姐出門時，他還在睡覺，直到警察通知太太出車禍，他才起床。」

眾人沉吟了一會兒，默然無語。

爸爸無意間看見時鐘，連忙起身向李雄告辭：「我們還有個飯局，時間差不多了，改天再來找你聊聊。」

離開警局後，明安感慨的說：「警察好辛苦喔！我們都放假了，李叔叔還在工作。」

媽媽笑著回應：「那是因為他很負責任。要是他敷衍了事，把這件案子當成一般酒醉駕車的意外處理，就不用那麼辛苦了。」

兩姊弟點點頭，打從心底佩服李雄警官。

⌛ ⌛ ⌛ ⌛ ⌛

四人抵達歐爸爸經營的佳日大飯店時，麗拉一家人已在餐廳等候。歐媽媽留著一頭金色秀髮，瘦瘦高高，笑容可掬。仔細瞧，麗拉的五官和媽媽還真像！因為歐媽媽不太會說中文，大家就用簡單的英語交談。

待大家就座後，服務生便開始上菜。因為是老闆請客，所以菜色十分精緻，大家都吃得很盡興，最後主廚還到餐桌旁致意。

這時，歐爸爸提議：「今天是假日，客人比較多，我們把座位讓出來，到我辦公室繼續聊。」於是大家就移師辦公室，歐媽媽還很客氣的問大家要喝什麼。

爸媽想喝茶，明雪要咖啡，明安和麗拉則想喝果汁。歐媽媽詳細記下來後，便轉身笑問歐爸爸：「What's your poison？」

明雪嚇了一跳，心想：「poison不是毒藥嗎？」但她看歐媽媽仍然笑嘻嘻的，不像要謀殺人的樣子，就悄悄問麗拉：「妳媽媽怎麼問妳爸爸要喝什麼毒藥？」

麗拉忍不住笑了出來：「哈哈，不是啦！這句話是問別人『要喝什麼酒』，

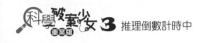

通常是朋友間開玩笑的用語。」

果然，歐爸爸點了一杯紅酒，明雪慶幸自己沒有大聲嚷嚷，否則就鬧笑話了。不過，把酒當毒藥雖然是玩笑話，倒也十分貼切——像歐爸爸這樣飯後來一杯，當然是快樂的事，但如果像詹筱瑩那樣酒後駕車，不正像毒藥一樣要人命嗎？可是，為何平常不喝酒的她會突然酒後駕車呢？真是難以理解。

大人們邊喝邊聊，小朋友也有自己的話題。

突然，明安皺著眉頭低喊：「檸檬汁好酸喔！」

麗拉笑著解釋：「這是我們家的習慣啦！媽媽特別交代服務生不要加糖，因為她說吃太多糖不但會蛀牙，還會發胖。」

基於禮貌，明安也不好意思再說什麼，只是默默放下果汁。

見狀，麗拉神祕的說：「我媽媽有一種神祕果實，我讓你們瞧瞧它的功效！」

語畢，她就到歐爸爸桌上的水果盤拿了一顆紅色小漿果給明安，並且指示他：「你嚼一嚼。」

明安依言照做，卻吃不出什麼特殊味道。

麗拉也沒多說，只是把檸檬原汁遞給他：「你再喝喝看。」

有點不情願的明安忍耐嘗了一口，就在這時，奇怪的事發生了——檸檬汁竟然變甜了！他驚呼出聲：「哇，好神奇！這是什麼水果？」

「它叫作神祕果，原產於非洲，咀嚼果肉後再吃其他酸性物質，只會覺得甜。西非人利用神祕果讓不新鮮而變酸的玉米麵包，變得容易下嚥。」麗拉轉述從媽媽那兒聽來的故事。

「可是，變酸的玉米麵包還是不新鮮，會害人因此而生病……」明雪說到這裡突然靈光一閃，轉頭詢問：「爸，你聽過神祕果嗎？為什麼它能讓酸的食物變甜？」

爸爸詳細解釋：「那是因為裡面含有一種特殊的蛋白酶，叫作神祕果素。當

哈哈
酸
檸檬汁好酸喔！
媽媽特別交代服務生不要加糖，因為她說吃太多糖不但會蛀牙，還會發胖。
我媽媽有一種神祕果實，你嚼一嚼。
再喝那杯檸檬汁看看。
嚼嚼
?

我們咀嚼果實，神祕果素與味蕾結合，就會改變味覺，使得酸、苦味都變成甜味。」

聞言，媽媽開起玩笑：「有這麼好的東西？那我要多買一點！以後菜只要隨便煮一煮，加入神祕果，你們都會說好吃。」

明安和明雪露出「饒了我吧」的表情，爸爸反倒老神在在：「近來科學家利用基因改造，使得大腸桿菌及萵苣能大量生產神祕果素。不過，美國及歐盟都禁止廠商把它當作人工甘味，只有日本列為食品添加劑。」

明雪點頭表示明瞭後，忽然向歐媽媽要了一杯紅酒。爸媽都驚訝的看著她，因為明雪還沒成年，依法不能喝酒，也從來沒見過她主動開口要喝酒。

明雪慧黠的笑著說：「不是我要喝啦，爸，你幫我嘗嘗。」

爸爸滿臉狐疑的嘗了一口紅酒，皺著眉說：「就是紅酒該有的苦澀味呀！怎麼啦？」

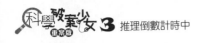

明雪不說話，她拿起神祕果要爸爸咀嚼後，再喝一口紅酒。

爸爸放下酒杯後說：「苦澀味消失了，取而代之的是甜味。」

明雪向眾人宣布：「我懂了！平日滴酒不沾的詹小姐突然酒醉駕車，或許就是因為有人讓她在不知情的情況下，吃了神祕果或添加神祕果素的食物。一旦味覺被改變後再喝酒，詹小姐無法察覺有異，才會開車外出，造成重大車禍。」

見麗拉一家人露出茫然神色，爸爸便簡略說明整起案件。

了解來龍去脈後，歐爸爸讚許的說：「嗯，果然是個厲害的小偵探！不過，以上情節純屬猜測，沒有證據。」

明雪聳聳肩：「我只是提供突破盲點的想法，蒐集證據和查證的工作就交給警方吧！」

語畢，她馬上打電話給李雄叔叔，向他說明自己的想法。掛斷電話後，兩家人又繼續說說笑笑，直到傍晚才離開。

星期天恰巧是媽媽的生日，明雪和明安決定按照食譜做個生日蛋糕，請媽媽品嘗。

時近中午，李雄和鑑識專家張倩聯袂來訪——原來，詹筱瑩的案子破了！感興趣的明雪馬上溜到客廳聽破案過程，獨留明安在廚房裡忙碌。

張倩先開口：「一般車禍意外不會進行刑案蒐證，但因為明雪提醒，我們才決定採集證據，結果在車上發現詹筱瑩的酒醉嘔吐物，經檢驗後發現其中含有酒精和神祕果素成分，和明雪的猜測相符。」

李雄接著補充：「我們趕到吳家找吳翔年，但他已不見蹤影，也沒有在醫院照顧太太。我們隨後緊急通知境管局，限制他出境，結果境管局回報吳翔年正好要搭機出國，已請機場警察將他攔阻下來。要不是明雪破解犯案手法，可能就讓他溜掉了。」

「他為什麼要殺害太太呢？」媽媽不解的問。

李雄嘆了一口氣：「唉，因為他常飛日本線，在日本結交一名女友，所以想詐領太太的保險金，和女友遠走高飛。神祕果素就是他這次回國時，從日本帶回來的。」

「所以是預謀殺人囉？」明雪不敢置信。

「嗯，他知道太太每天早上都會喝牛奶，就偷偷加入神祕果素。等她味覺改變後，再騙她說感冒剛好，要多喝富含維他命的葡萄汁——其實，那杯正是紅酒。詹小姐因為味覺有異，無法判定是酒還是果汁，所以才會不勝酒力，發生車禍。更可惡的是，因為他沒有如願害死太太，所以就趁她還在加護病房之際，偷取她的珠寶，打算到日本和女友會合，不再回臺。」李雄忿忿不平的說明案情。

「找到他犯案的證據了嗎？」明雪擔心這種壞人逃過法律制裁，急急追問。

李雄點點頭：「嗯，我們在他家搜出神祕果素，也查到他在日本購買神祕果素的刷卡紀錄。眼看計謀被拆穿，他什麼都招了；何況，詹小姐也已脫離險境，等她清醒，自然會說出是誰騙她喝酒。」

這時，明安端著剛出爐的蛋糕走出廚房，興奮的說：「李叔叔，這是我做的蛋糕，請你吃一塊！」

李雄看著烤焦的蛋糕，苦著臉對張倩說：「妳有帶昨天搜到的神祕果素嗎？」

眾人聽出他話中有話，不禁哄堂大笑。

科學破案百科

飲用酒精性飲料後，20%會由胃吸收，剩下的則由小腸與大腸吸收，數分鐘後即分布在血液中。經由肝臟催化代謝，大約 95%的酒精會先變成乙醛，再氧化成醋酸，最後形成二氧化碳和水；其餘的 5%則由糞便、尿液、呼氣、皮膚汗液與唾液排出。因此，臺灣是以呼氣酒精濃度（BrAC）換算血液的酒精濃度（BAC）來檢測。

案件 9

鄉間小物失竊事件

這個年假又溼又冷，讓明雪和明安只能窩在家裡。

好不容易盼到天氣放晴，開學的腳步也接近了，兩人不禁抱怨：「這個年假真不好玩！之前回竹山阿公家，遇上高速公路大塞車；費盡千辛萬苦抵達竹山後，當地卻都溼漉漉的，害我們根本沒玩到……」

媽媽也深有同感：「對呀，雨下個不停，窗外也灰濛濛一片，沒能欣賞到竹山美景。」

爸爸笑著說：「這還不簡單！春天到了，天氣也放晴了，我們找個連續假期，再回竹山老家一趟吧！阿公身體大不如前，多回去看看他老人家也是應該的。」

聽到這個提議，大家都舉雙手贊成：「那就利用下星期周休二日的時間，再回竹山一趟囉！」

⌛ ⌛ ⌛ ⌛ ⌛

出發當天，晴空萬里，大家開心的想著：「非把年假損失的歡樂補回來不可！」下了竹山交流道，又開了一段山路，他們才抵達阿公家。

爸爸把車停在竹籬笆邊，感慨的說：「鄉下就是有這個好處，可以把車子放在自家門口，不像在臺北，我每天光是為了找停車位，就得花費好多時間。」

阿公聽到汽車的引擎聲，走出庭院來迎接他們。因為時近中午，大家決定先享用阿嬤煮的番薯大餐，爸爸還開心回憶吃番薯長大的過往。

吃完飯後，爸爸開口詢問：「你們想不想到後山竹林走走？」

大家異口同聲贊成，興致勃勃的準備出發，阿公也說要陪他們一起去。他和阿嬤拿起竹枴杖步出門外，接著鎖上大門。

爸爸疑惑的問：「我們只是到後山走走，為什麼要鎖門？我記得以前門從來不鎖的。」

阿嬤搖搖頭表示：「以前是以前，現在是現在。最近治安變得很差，這兩個星期，附近有好多人家都遭小偷。」

「那家裡有被偷走什麼嗎？」爸爸緊張的說。

「我被偷走一件外套，阿慧嬸被偷走一條棉被……」阿公細細數算著。

阿嬤也補充說道：「家裡是沒什麼貴重東西啦，但有時候煮好的飯菜會被偷吃。」

「難道是小偷肚子餓了？」明安半開玩笑的說。

阿嬤氣憤難平：「有餓到這種地步嗎？那個小偷連家裡垃圾桶都翻得亂七八

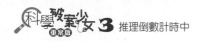

糟呢！」

大家邊走邊聊，經過菜園時，看到阿舜伯正揮動鋤頭，努力工作。

爸爸趨前打招呼：「阿舜伯，日頭這麼大，你怎麼不戴斗笠？」

阿舜伯嘆了一口氣：「唉！還不是被那個賊仔偷走了。」

「連斗笠也偷？是不是您忘了斗笠放在哪裡啊？」爸爸好奇的問。

「這怎麼可能？昨天下午下了一場雨，我戴著斗笠來種菜，回到家後，還把斗笠掛在牆上晾乾，可是今天早上要出門前，就找不到斗笠了。斗笠雖然不是什麼值錢的東西，但弄丟了也很不方便，還要到鎮上買一頂……唉，若不趕快把這個賊仔抓起來，我們就無法安寧！」阿舜伯忿忿不平的抱怨。

媽媽在一旁幫忙出主意：「阿舜伯，您有到派出所報案嗎？」

「沒有，因為被偷的是小東西，我只好自認倒楣。」阿舜伯揮揮手。

明雪和明安很有默契的對看一眼，明雪悄聲說道：「這種小案子交給我們就行了，反正度假兼辦案是我們一貫的模式。」

「嗯，但我們先默默蒐集線索，別讓大人知道，到時候再將小偷一舉成擒，讓阿公和阿嬤知道我們的厲害！」明安頑皮的說，明雪也表示贊同。

一行人告別阿舜伯後，又走了一段山路，才抵達阿公的竹林。

陣陣涼風吹來，爸爸深吸一口氣，懷念的說：「就是這個味道！記得我小時候，你阿公忙著挖竹筍、阿嬤忙著編竹籃，每段記憶都和竹子有關，真是美好！」

眼尖的明安突然發現嫩綠鮮竹的頂端，高掛著一頂斗笠，因此興奮大喊：「大家看，那裡有一頂斗笠耶！」

阿公覺得斗笠有點眼熟，猜測可能是老鄰居的，於是吩咐爸爸：「義志，你把它拿下來。」

因為斗笠掛在很高的地方，所以爸爸必須跳起來才能取下斗笠。

阿公接過斗笠反覆端詳後，喃喃自語：「應該是阿舜的沒錯，但怎麼會出現在這裡呢？」

爸爸仔細推敲：「大概是小偷拿走斗笠後，走到這裡發現雨停了，就順手把斗笠掛在竹子上。」

明安把姊姊拉到一旁，小聲的說：「太好了，線索顯示，小偷是個高個子。」

「你怎麼知道？」明雪反問。

「連爸爸都要跳起來才能拿到斗笠，可見小偷一定很高。」明安語帶肯定。

明雪點點頭，覺得弟弟說的話不無道理。

回程經過菜園時，阿舜伯證實那頂正是他的斗笠。

聽完阿公說明發現斗笠的過程，他不禁破口大罵：「這個賊仔真可惡！他也

太好了，線索顯示，小偷是個高個子。
你怎麼知道？
連爸爸都要跳起來才能拿到的斗笠，可見小偷一定很高。
嗯……

不是那麼需要這些東西，還硬要偷拿，幾天後又把它們丟掉！」

阿公跟著附和：「對呀，像我被偷的那件外套，就是在山溝邊找到，可惜已經弄髒了，只好忍痛丟掉。」

待他們走進庭院，阿嬤立刻發現垃圾桶又被翻得亂七八糟：「可惡！這個賊仔要到什麼時候才肯罷休？」

待大人進屋之後，明雪和明安蹲在庭院裡，仔細觀察垃圾桶的四周。他們發現有些食物殘渣被翻出來，而且從一路灑落的碎屑及水痕，可看出小偷是鑽過籬笆的破洞後潛逃。

「太不可思議了，個子這麼高的人竟能穿過籬笆的破洞！這個小偷到底有多瘦啊？」明安驚訝的說。

這時，阿嬤拿著掃把準備清理碎屑，看見兩人蹲在庭院竊竊私語，便把他們趕進屋裡。

踏入客廳後，明雪鼓起勇氣問阿公：「阿公，您知道附近有個子很高又很瘦的人嗎？」

阿公困惑的問：「多高？多瘦？」

「個子比爸爸高，腰只有這麼細。」明安用手比出籬笆破洞的大小。

阿公忍不住笑了出來：「哈哈！怎麼可能？腰如果真的這麼細，豈不是斷掉了？」

從剛才開始，這對姊弟的行跡就有點鬼祟，因此引起媽媽懷疑：「你們到底想做什麼？直接說出來，阿公才能幫你們呀！」

明雪這才說出兩人的意圖：「我們想幫忙抓小偷啦！從庭院裡散落的垃圾來看，小偷翻出廚餘後是鑽過竹籬笆的破洞離開，可見他的腰非常細。另外，阿舜伯的斗笠被掛在竹子頂端，爸爸要用跳的才拿得到，可見小偷非常高……」

阿公忍不住打斷她：「不對啦，那是剛長出來的嫩竹，加上昨天下過雨，只要一天就會長很高。所以小偷掛斗笠時，竹子沒那麼高啦！」

明安吃驚的問：「才一天而已，會差那麼多嗎？」

爸爸笑著點頭：「我以前曾測量過喔！下雨之後，竹子可以在一天之內，長高一公尺以上。」

「對呀，你們沒聽過『雨後春筍』這句成語嗎？」媽媽跟著附和。

掃完地的阿嬤也加入行列：「這兩個小孩是『都市俗』，怎會知道竹子長得有多快？」

兩名小偵探遭受空前挫折，訕訕的走出門外。

明安懊惱的說：「好糗喔！本來想在阿公、阿嬤面前表現一下，沒想到這麼丟臉……」

明雪拍拍他的肩膀：「沒關係，我們要更加努力，抓到這名小偷！」

沉思片刻後，明雪再度開口：「我覺得應該仔細想想，為什麼小偷要丟掉贓物？」

「嗯……顯然他偷東西不是為了變賣，而是臨時需要；等到不會再用到時，當然就丟掉了。因為天氣暖和，所以丟掉外套；因為雨停了，所以丟掉斗笠。」明安說出自己的推論。

「那他需要什麼？既然偷了飯菜、外套和棉被，就表示他又餓又冷。」明雪也根據小偷的舉動做出推測。

兩人循著這個模式推理，為小偷列出許多特點。最後，明雪歸納出結論：「他是個沒有家的人，沒得吃、沒得穿，因此必須用偷的，加上最近這兩個星期才發生竊案，所以小偷可能是外地來的人，這段時間就躲藏在附近。」

討論告一段落後，姊弟倆硬著頭皮走進屋裡，問阿公在哪裡找到那件失竊的外套。

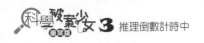

「你們還不放棄啊？」雖然阿公覺得兩個小孩扮起偵探有點好笑，但還是畫了一張附近山路的簡圖，「喏，就在這個地方。」

接著，兩人又問到最近遭竊的鄰居，並請阿公標出他們的住家位置，以及被偷的東西最後在哪裡出現。姊弟倆發現，所有相關地點都在剛才走過的那條山路附近。

明安示意姊姊附耳過去後說道：「我想，小偷一定藏匿在竹林附近。」

明雪也贊同這個推論，於是說要再出去走走。

爸媽知道兩人肯定是出門找線索，也未加阻止，只是溫言提醒：「天黑前一定要回來，找到線索必須先報警，別跟壞人正面衝突。」

老人家不放心兩個小孩自己上山，媽媽笑著安撫：「沒關係，他們在臺北常協助警方辦案，經驗很豐富。」

聞言，阿公和阿嬤才不再有任何異議。

⌛ ⌛ ⌛ ⌛ ⌛

姊弟倆沿著山路往上走，並且觀察哪裡是藏匿的好地點，結果發現遠處山腰有一間小竹棚。經過阿舜伯的菜園時，兩人開口詢問竹棚的用途。

「喔，以前有人在山腰附近種菜，農具和肥料就放在竹棚裡。現在年輕人都出外找工作，老年人又無力務農，所以那間棚子已經荒廢好幾年囉！」阿舜伯愈說愈感慨。

明雪和明安互看一眼，覺得那兒就是小偷的藏匿地點。告別阿舜伯後，他們繼續往山裡走，不久，就來到竹棚外。明雪示意明安放輕腳步，接著慢慢靠近，果然看見棚子外面有食物殘渣和一條棉被。

「這該不會是阿慧嬸被偷的棉被吧？」明安小聲的問。

明雪把手指放到嘴邊，用嘴形示意：「噓！裡面好像有人。」

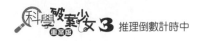

明安探頭往裡面看，果然有個渾身髒兮兮的少年躺在地上。

他鬆了一口氣，告訴身後的明雪：「他不是什麼壞人啦，只是個小孩。」

明雪提醒弟弟：「不可以輕舉妄動，我們答應過爸媽，要先報警。」

兩人躲進草叢裡，用手機聯絡警方。約莫二十分鐘後，兩名員警氣喘吁吁的從山下趕來。

姊弟倆往棚子裡一指：「小偷在那裡。」

少年在睡夢中被警察叫醒，嚇得渾身發抖，他不但散發一股臭味，身上也有多處傷痕。

警方盤問他的姓名和住址，他只好據實以告：「我叫林煌豪，住在鹿谷鄉……」

一位員警驚呼出聲：「喔，原來是你！你的父母通報你失蹤已經兩個星期了，原來是跑到我們這裡躲著，難怪鹿谷鄉的同事都找不到。」

林煌豪掙扎著想脫逃，還驚慌的說：「我不要回家、我不要回家，我、我爸爸會打我！」

另一位員警趕緊抓住他，並且試圖安撫：「你放心，我們會介入調查；如果真的有家暴事件，我們會交由社工人員安置，不再讓你受到傷害。先告訴我，你一個人在山上怎麼度過這兩個星期？」

一會兒之後，林煌豪才怯怯的說：「因為白天怕人發現，我就躲在這個棚子裡睡覺，晚上才去偷點東西吃，還有棉被和衣服……」

那位員警嘆了一口氣，無奈的說：「雖然你的際遇令人同情，但偷東西仍屬違法行為，至於刑罰輕重，就看法官怎麼判決了。」

等到他們押著林煌豪下山，明雪和明安也急忙趕回阿公家。

接近阿公家時，明安突然想到一件事：「姊，我還是覺得怪怪的，就算林煌豪是小孩子，也不可能鑽得過籬笆的破洞呀！」

明雪霎時停下腳步，「對耶……難道有兩個小偷？」

這時，一道黑影從籬笆的破洞迅速竄出，明安一個箭步上前，往黑影撲去——原來是一隻小黑狗，嘴裡還叼著一袋廚餘！

在門外散步的阿公，剛好見到明雪回來，笑著問道：「小偵探，有沒有抓到小偷呀？」

聞言，走在姊姊身後的明安，高舉手上的小黑狗，驕傲的說：「有啊，我們還一次抓到兩個呢！」

科學破案百科

除了竹子，部分蔬菜也會在降雨後迅速生長，這是因為部分雨水會形成穿過地表的滲透水，加上土壤膠體的養分濃度比雨水還高，所以會被解離出來，到達根的表面，容易被植物吸收利用。

另外，不同養分的移動速度有別，例如氮就比磷和鉀快，非常容易被根部吸收，造成植物體內的氮含量較高。氮有利於植物生長，葉面會變綠、變大，自然就會形成「部分蔬菜在下雨後長得比較快」的現象。

案件 10

私闖民宅冰爆案

秋天到了，一連幾天都是秋高氣爽的好天氣，讓人覺得非常舒服。星期六中午，明雪一家坐在客廳聊天，大家不約而同覺得一年之中，就屬這段時間氣候最宜人，爸爸因此提議應該到戶外走走。

貪玩的明安興奮附和：「我贊成！我們順便去吃美食，好不好？」

媽媽笑看他一眼，拋出問題：「那秋天要吃什麼呢？」

結果，大家異口同聲回答「大閘蟹」，接著爆出一陣笑聲。

「聽說新北市烏來山區養殖大閘蟹非常成功，不如我們就到烏來郊遊，用完晚餐再回家。」爸爸笑著說出建言，其他人也通過這個提議，大夥因此立刻整裝出發。

明雪記得小時候曾跟父母到烏來遊玩，那時街道塞滿車子，要找個停車位比登天還難，可見當年這兒是極為熱門的旅遊景點；甚至某年全家人去紐西蘭玩時，曾在一戶農舍投宿，女主人是位老太太，聽說他們來自臺灣，立刻興奮大喊：「我蜜月旅行就是去臺灣的烏來呢！」

未料這次全家人到烏來玩，路上竟然空蕩蕩的，所以他們很容易就在遊樂園前面找到停車位，並且搭乘纜車進入遊樂園。令人不勝唏噓的是，園區裡也是一片荒涼，到處堆滿黃土，許多明雪小時候曾玩過的遊樂器材，都因不堪破損而棄置於一旁。

媽媽好奇的詢問員工，才知道自從前年颱風造成重大損傷後，園方就一直無力修復；但也幸好人工建造的遊樂設施無法使用，遊客因此大為減少，登山小徑反倒更能保有原始風貌。

全家人在園區內逛了一圈後，再度搭乘纜車離開，此時，明安看到出口處有人在賣溫泉蛋，直嚷著肚子餓。

媽媽當然明瞭他的意思，便買了一包溫泉蛋，全家人分著吃。

明安塞了滿嘴蛋黃，耍起寶來：「嗯……好好吃、好好吃喔！烏來的溫泉蛋是世界上最好吃的蛋！」

明雪受不了弟弟的幼稚而嘆氣，爸爸則出言提醒：「明安，別吃太多，馬上要吃中餐了。」

就在他們準備上車之際，一輛灰色轎車突然停在路邊，步出車外的中年男子也熱情向爸爸打招呼：「老陳，全家出遊啊？真是幸福！」

大家一看，原來是李雄警官，而坐在駕駛座的長髮青年，則是他的搭檔林警官。為了辦案方便，林警官習慣蓄長髮、穿便服，以掩飾警察身分。

「真巧！你們也來玩嗎？」爸爸向李雄和林警官點頭打招呼後好奇的問。

「哪有這麼好命？我們今晚是到烏來支援勤務。」李雄無奈的說。

聽到這裡，明安忍不住插嘴：「李叔叔，山區治安不是一向很好嗎？怎麼還需要外地警察支援？」

李雄嘆了一口氣：「唉！因為這裡的屋主大多是有錢人，往往買了溫泉別墅卻沒時間來度假，所以容易引起不良分子的貪念，趁著沒人在家時偷東西或搞破壞。就像你說的，山區治安一向良好，平常不會配置太多警力，加上這些案件很可能是熟識本地警察的當地居民所為，因此接到別墅主人投訴後，上級便指派我們越區支援，希望今晚能有收穫。」

「那你們就等吃飽飯再執勤吧！」聽完前因後果，爸爸力邀兩位警官一起去用餐，李雄卻表示每棟別墅的距離都很遠，必須不斷巡邏，且兩人已準備麵包果腹，揮手告別明雪一家。

爸爸見狀，只好約定下次一定要一起吃頓飯，接著載著全家人往山裡開去，並順利進入管制區，抵達事先預約的餐廳。

⌛ ⌛ ⌛ ⌛ ⌛

抵達時，餐廳裡已有一桌客人在享用大閘蟹。

明雪定睛一看，發現螃蟹看起來滿小隻的，便偷偷告訴爸爸，就連老闆娘為他們服務時，也率直坦言道：「這批大閘蟹不太肥美，我建議你們改吃鱘龍魚。」

既然有專家推薦，大家當然採納建言，並且在等待上菜時，到餐廳前的養殖場參觀大閘蟹和鱘龍魚的養殖情形，直到老闆娘招呼他們入座用餐。

雖然餐廳陳設並不豪華，但魚肉鮮美可口，加上放眼望去能欣賞日落前的雲彩變化，也是一大享受。一家人邊吃邊談笑，直到夜幕降臨、滿天星斗，才依依不捨的準備離開。

臨走前，爸爸交代老闆娘再烹調一道炸魚佳肴，切成塊狀後打包。

媽媽低聲詢問原由，爸爸笑著解釋：「等一下若發現李雄的車子，就可以讓他們打打牙祭。都這麼晚了，還得啃麵包執勤，實在太辛苦了。」

藉由明亮的車頭燈，爸爸小心翼翼的沿著蜿蜒山路，慢慢駛離。

一片寂靜中，明安忽然大喊：「爸，那是李叔叔的車！」

眾人仔細一看，果然發現一輛灰色轎車停在右前方的路旁，爸爸立刻緩緩駛近。這時，附近的別墅突然傳來玻璃破裂聲，把全家人嚇了一跳，灰色轎車兩側的車門則同時被打開，只見李雄和林警官衝出車外，迅速翻牆進入別墅中。

不久，別墅裡揚起一陣打鬥聲，還夾雜著吆喝及叫喊聲——明雪一家都知道，兩位盡忠職守的警官正展開逮捕行動，但他們不知道自己能幫上什麼忙，只能呆坐車中。

明安苦思片刻，接著擊掌大喊：「對了，我們得快點報警，要警方快派人來協助李雄叔叔！」

不過，當他以手機向當地警方敘述案發情形時，對方回答李雄早已請求支援，警車應該快抵達現場了。

⌛ ⌛ ⌛ ⌛ ⌛

大約三分鐘後，林警官押著兩名上了手銬的少年、少女步出別墅，明雪一家見局面獲得控制，才下車跟他及隨後現身的李雄打招呼。

「組長，這兩個人交給你，我去追那名從後門溜掉的嫌犯！」林警官說著，就將已上銬的少年和少女推向李雄，接著往屋後的小山丘跑去。

李雄面容一整，嚴肅逼問那兩人：「我剛才看到你們四個人一起翻牆進去，共有兩男兩女。其中一人從後門溜掉，另外還有一個呢？」

「哼！我們才不會告訴你。」少年冷哼一聲，桀驁不馴的說。

李雄沒有跟他計較，只是動手搜身，並且冷聲質問：「槍呢？」

這次，換那名少女出言不遜：「你很煩耶！我們又沒有槍。」

「不然你們用什麼打破玻璃？」按捺不住的李雄當場怒斥，讓兩人嚇了一跳，不過，他們還是沒有供出做案手法。

此時，支援警車已趕到現場，李雄便將兩人交給當地警方，詳細說明：「這兩名嫌犯就拜託你們了，我和我同事還要持續搜捕另外兩名闖入者，他們身上可能藏有槍枝，非常危險。」

待警車開走，李雄打算重新進入別墅搜查，明雪和明安趕緊把握時機提出要求：「李叔叔，我們可以跟進去看看嗎？」

李雄先是看了爸媽一眼，接著才點點頭：「好吧，你們說不定可以幫忙出主意，但千萬記住，不要亂動東西。」

一行人進入屋裡後，李雄將別墅的電燈全部打開，並且小聲吩咐：「我要逐一搜索每個房間，尋找第四名嫌犯的蹤影，你們可以在客廳幫我找找看，是否有掉落的彈殼。」

語畢，李雄就逕自上樓工作，留下姊弟倆在客廳。明雪注意到大片落地窗被打破，地面散落許多玻璃碎片，因此提醒弟弟要小心，別被玻璃割傷了。

兩人仔細觀察地面，發現窗邊有些透明碎片混在其中，但材質明顯與玻璃不同，所以感到非常好奇。

明安撿起那些透明碎片，小心翼翼的摸了摸，吃驚的說：「姊，這是塑膠，而且冰冰涼涼的。」

明雪也在玻璃碎片中撿起一枚瓶蓋，喃喃自語：「那些碎片和瓶蓋應該來自寶特瓶，可見現場有一個寶特瓶被炸成碎片。可是……如果發生爆炸，怎麼觸感冰冰涼涼的呢？」

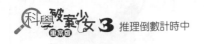

姊，這是塑膠
而且冰冰涼涼的。
可是……如果發生爆炸，怎麼觸感冰冰涼涼的呢？

當她陷入沉思之際，林警官押著一名穿著橙色襯衫的少年，由後門走了進來。遍尋不著李雄身影的他，扯開喉嚨大喊：「組長，我逮到那名嫌犯了，你這邊有進展嗎？」

從樓上走下來的李雄搖搖頭：「這裡沒找到任何人和槍械。」

見狀，林警官扯住少年的衣領，大聲斥道：「你還有一個同伴在哪？快說！」

橙衣少年嚇得發抖，連話都說不完整：「我……我真的……不知……」

明雪持續在地面摸索，還跑到餐桌旁，觀察散落其上的物品。

「你們為什麼侵入別人的房子？」李雄再度質問橙衣少年。

橙衣少年畏畏縮縮的說：「今天……是蘭翎生日，我們幾個朋友……要幫她辦派對，就買了一些飲料和食物，選定這棟……圍牆較低的別墅，翻牆進來玩……」

「辦派對幹麼帶槍械？」林警官不悅的開口。

聞言，橙衣少年嚇了一跳，極力為自己與朋友辯白：「槍？我們沒有帶槍啊！」

李雄見少年不肯說實話，正要發怒，明雪急忙制止：「李叔叔，他說的是實話，現場真的沒有槍。」

「但我們聽到爆裂聲的同時，玻璃就碎裂了，不是槍又是什麼？」李雄和林警官異口同聲的反駁。

明雪搖搖頭，說出自己的推測：「這群少年因為要舉辦生日派對，所以帶來食物和飲料——你們看，桌上有一盒以冰淇淋當餡料的雪餅，就是證據。為了避免內餡融化，雪餅通常會用乾冰保存，我猜他們喝完飲料後，因為貪玩之故，便把乾冰放進寶特瓶並旋緊瓶蓋，放在窗邊。乾冰雖是固態二氧化碳，但在室溫下會變成氣態；由於瓶內氣體壓力愈來愈大，瓶子終被炸開，連帶打碎玻璃窗，這就是玻璃破裂聲的由來……」

「姊，妳怎能確定是乾冰惹的禍？」明安好奇問道。

「因為你發現寶特瓶碎片和地面都冰冰涼涼的啊！乾冰溫度本來就低，加上高壓二氧化碳氣體衝出瓶口的瞬間，體積突然膨脹，會吸收大量熱能，所以使得附近物體更加冰涼。」明雪笑著為弟弟解惑，並且轉頭向橙衣少年求證，「你說，我的推理對不對？」

少年愣了一會兒，接著點點頭，不發一語。

李雄思考片刻，終於鬆了一口氣：「嗯，妳說的有道理，之前確實有過類似案例：一名小孩同樣把乾冰丟入寶特瓶中，旋緊瓶蓋，結果炸開的瓶蓋造成他失明。看來，這群少年、少女真的只是私闖民宅，並未攜帶槍械。」

「那……蘭翎人呢？」正當眾人如釋重負之際，少年怯生生的問起同伴蹤影：「我記得寶特瓶爆炸時，蘭翎非常興奮，吵著要找更多瓶子來玩，結果下一瞬間，你們就衝進來了，大家只得四處逃竄……」

「找更多瓶子……」明安喃喃重複少年的話，接著像是突然想起什麼，拔腿就往廚房跑，四處搜尋過後，鎖定流理臺下的櫃子。

當他打開櫃子，赫然發現裡面有一名陷入昏迷的瘦弱少女，隨即扯開喉嚨大喊：「李叔叔，快叫救護車！」

待救護車把蘭翎送到新店市區的醫院後，姊弟倆又到派出所製作筆錄，直至深夜才離開。眼見夜已那樣深，爸爸提議乾脆投宿溫泉旅館，等隔天再回家。

第二天一早，當全家人在享用旅館早餐時，李雄和林警官帶來好消息：「蘭翎已經脫離險境，沒有大礙。醫生說幸好搶救得早，如果再晚一點發現，恐怕會有生命危險——這都是明雪和明安的功勞。」

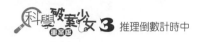

「這真是太好了。話說回來，明安，你怎麼知道她躲在廚房的櫃子裡？」爸爸感興趣的詢問兒子，想聽聽他的「辦案歷程」。

明安搔著頭回答：「因為她朋友說她正要去找瓶子啊！我先是反問自己屋裡什麼地方瓶子最多？結果得到『廚房』這個答案，所以就到那裡找人。我猜，她一定是帶著剩餘的乾冰到廚房，忽然聽見警察闖進客廳抓人，就嚇得躲到櫃子裡，不敢動彈。」

「嗯，她所攜帶的乾冰不斷昇華成二氧化碳，加上櫃子又非常狹小，才會造成她缺氧而陷入昏迷。」明雪補充說道。

媽媽話鋒一轉，關心起被逮捕的少年和少女：「我看那些嫌犯年紀這麼小就被上手銬，好可憐喔！」

聞言，李雄尷尬回覆：「呃……當時誤以為他們攜帶槍械，才會上手銬；後來得知他們只是私闖民宅、未犯下重大罪行後，我就請本地警察解開手銬，並通知家長來領回。後續調查工作亦將由本地警方接手，追查他們總共侵入多少間民宅；他們不但要賠償屋主損失，還要負法律責任。」

爸爸拍拍他的肩膀，朗聲說道：「真是辛苦你們了。來，先吃早餐，再去泡溫泉，中午我請你們吃飯！」

李雄和林警官交換一個感動的眼神，決定好好享受這難得偷閒的假期，盡享烏來之美。

科學破案百科

如文中所述，乾冰是固態二氧化碳，因此只要在 1 標準大氣壓下，乾冰接觸到溫度高於 –78.5℃的環境，就會直接昇華成氣體，而非熔化成液體。

值得注意的是，氣體分子之間的距離遠比固體物質大，所以固體昇華成氣體時，體積會迅速膨脹，若被局限在體積一定的容器中，會導致氣體壓力愈來愈大；當密閉容器或空間承受不住壓力，就可能產生猛烈爆炸，危險性極高，千萬不要隨意嘗試！

另外，乾冰因為溫度低，可使空氣中的水蒸氣凝結成小水滴，形成煙霧，因此常被用來製造舞臺效果。

案件 11

變「鉋」的假藥危害

明雪和班上同學雅薇及惠寧一起去登山，一路上景色雖荒涼，但正因人煙罕至，才能保有天然美景。中午時分三人在溪邊野餐，飯後稍作休息，接著走過木橋，到對岸的山區健行，不料卻突然下起大雨，她們急忙往回走，打算沿原路回家。可是一走到岸邊，竟發現溪水暴漲，滾滾水面與橋面同高，三人因此感到遲疑，不知該不該冒險過橋。

惠寧率先發言：「我們要回家就得過橋，而且動作要快，我看這橋不太穩。」

膽小的雅薇卻有不同意見：「這溪水已經暴漲了，橋被沖得搖搖晃晃的，我覺得我們不應該冒險。」

兩方爭執不下之際，卻聽到一聲巨響——木橋竟被溪水沖垮了！大家眼睜睜看著斷成幾截的木橋被溪水帶走，不禁面面相覷，嚇出一身冷汗，心想剛才要是冒險通過，現在恐怕也一起掉入溪裡了！

「看來今天是回不了家了，怎麼辦？」雅薇害怕的說。

明雪拿出手機查看，幸好仍能收到信號，她立刻撥電話給當刑警的李雄叔叔，一方面向他通報斷橋的事，希望有關單位能盡快搶修，另一方面則請他通知三人的家長，她們暫時無法回家。

李雄除了一口答應，也告訴她們該如何避難，並再三告誡要小心：「現在雨那麼大，山路容易崩塌，山區有間溫泉旅社，妳們可以先到那裡躲雨。等雨停了，施工單位搭好便橋後，妳們再下山比較安全。」

於是三人就依照李雄的指示，沿著山區小路尋找那家溫泉旅社。

穿過一條夾在大樹間的鄉間小道後，她們在滂沱大雨之中，看到一排木屋出現在一片空曠的草地上。中間那棟主屋門口立著斑駁招牌，上頭寫著「金櫻溫泉旅社」，她們走進去一看，空空蕩蕩，也沒開燈。

惠寧遂扯開嗓子喊：「有人在嗎？」

櫃檯後面的房間走出一位年約六十幾歲的老太太，看起來十分虛弱。

惠寧上前說明來意：「不好意思，橋斷了，我們暫時無法下山，能不能先在這裡休息？萬一木橋今天沒修好，我們可能還要投宿……」

老太太點點頭，氣喘吁吁的說：「沒問題，我看妳們淋得像落湯雞，快去湯屋泡個溫泉，換上乾淨浴袍，把溼衣服丟進洗衣機洗一洗再烘乾，等要回去時便可換上。這家旅社雖然老舊，但能泡湯，還提供餐點和住宿，不過我年紀大了，又生病，所以妳們要自己動手……」

看三個女孩臉上露出笑容，點頭如搗蒜，老太太拿了三把鑰匙給她們，「今天反正也沒別的客人，妳們就一人一間，好好泡個溫泉吧！」

明雪按鑰匙上的號碼，找到自己分配到的小木屋，發現裡面有一張床，還有裝滿水的浴池，由於是天然溫泉，水不斷注入，滿了以後又溢出去，牆上則掛著浴袍。她坐進浴池裡，熱騰騰的溫泉正好驅走雨中寒意，心滿意足的泡了半小時後，擦乾身體，換上浴袍，把溼衣服投入木屋前的洗衣機清洗。她走回主屋時，發現惠寧和雅薇已換上浴袍，坐在餐桌前。

老太太站在櫃檯內，向她們說：「我為妳們準備了小火鍋和咖啡，自己來端吧！」

她們開心吃著美味的火鍋，咖啡還是現煮的！老太太將磨好的咖啡粉放進咖啡壺上層，然後點燃下方的酒精燈，待水沸騰衝到上層把咖啡粉溶解，再用燈罩把酒精燈熄滅；等溶解咖啡的沸水流回下層，就可以喝了。

一時之間，屋裡彌漫著一股濃郁的咖啡香，明雪忍不住讚嘆：「剛才我們狼狽得簡直像在逃難，怎能料想得到現在可以這麼享受？」

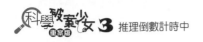

老太太看她們吃得開心，也很高興，搬了張椅子坐在一旁，和她們聊天。

原來這家溫泉旅社也曾風光過，但近幾年通往山區的道路經常因雨崩塌，所以遊客就漸漸少了。旅社在全盛時期雇用很多員工，後來生意變差，只好遣散員工，一切自己來。

「平日還有我兒子昆恩一起經營，但這幾個月來幾乎沒有旅客，他勸我把地賣了，搬到市區去住。可是我不肯，因為我實在捨不得這間經營了幾十年的店……」老太太語帶不捨與無奈。

雅薇心有同感的點點頭，接著好奇的問：「怎麼沒看到妳兒子呢？」

「他今天去市區幫我拿藥，但是如果按妳們所說，木橋斷了的話，今天應該就沒辦法回來了。」老太太有些憂心忡忡。

明雪關心的問：「老闆娘，妳一直說自己生病，究竟是什麼病？而且本人沒去，可以拿藥嗎？」

「喔，我有結腸癌，是到大醫院檢查才知道的。醫生說要動手術，我很害怕，所以昆恩就幫我找到一位神醫，他說有種新藥可以治療癌症。」老太太充滿希望的說。

聞言，明雪和惠寧、雅薇對看一眼，結果惠寧沉不住氣，率先道：「老闆娘，妳被江湖郎中騙了啦！」

老太太揮揮手表示：「不會啦，聽說那位醫生用這種藥治好很多人的癌症耶！而且他人很好，怕病人來回奔波，說只要請家人去拿藥就可以了。哪像大醫院，我每次跑一趟，光是下山就要花掉半天，更別提還要等掛號和看診……所以現在都是昆恩幫我拿藥。」

「妳連醫生的臉也沒見過？」雅薇不可置信的問。

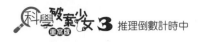

老太太再次揮揮手說道：「有啦有啦，我見過一次，他的診所在市區裡。不過聽說他的藥對所有癌症都有效，所以不用看病也可以拿藥，有些國外的病人還

託國內親友寄藥過去。」

三個小女生聽了都露出不可思議的表情，最後是明雪先反應過來：「這麼神奇的藥可不可以借我看一下？」

老太太從口袋掏出一包藥，拿了其中一顆給明雪。明雪仔細端詳，原來那是一粒膠囊，可裝藥的塑膠袋上沒有任何標示，實在不知道裡面是什麼成分。

她繼續問：「吃了這個藥有比較好嗎？」

老太太想了一想：「我吃這藥已經兩個星期，常常腹瀉、疲累，還會心悸……但我兒子問過醫生，他說那是藥效開始發揮……」

這時櫃檯的電話響起，她急忙起身去接，通完電話後對明雪她們解釋：「是昆恩啦，他說橋斷了，今天沒辦法回來，要暫時住山下親戚家，還交代我一定要吃藥……唉，剛剛這樣跑，我心臟就跳得很厲害，想先去休息了……記得，晚上六點提供晚餐喔。」說完，老太太又掏出一粒膠囊，和著開水吞下，然後走進櫃檯後面的房間休息。

明雪打開手上的膠囊，發現裡面是白色粉末，便把藥粉倒進桌上玻璃杯剩餘的開水裡，再用筷子攪一攪。她接著將酒精燈的燈芯拉開，倒入加了藥粉的開水，然後把燈芯放回去，搖晃著酒精燈，使酒精與藥水均勻混合。

看到這個情景，惠寧與雅薇不解的問：「妳要做什麼？」

明雪卻只是笑了笑：「我也不知道，好玩嘛，如果玩出結果再告訴妳們。」

語畢，她用打火機點燃酒精燈，結果出現淡紫色火焰。明雪看了約一分鐘，又用燈罩把火滅了。

「有什麼結果嗎？」惠寧耐不住性子的問。

「還不知道。」明雪神祕一笑，接著走到門外，開始講起手機。

「哼，故作神祕。」雅薇和惠寧聳聳肩，繼續喝咖啡聊天。

幾分鐘後，明雪走了進來，卻去敲老太太的房門。

惠寧不禁責怪她：「老闆娘不舒服，妳幹麼吵她？」

明雪回頭解釋：「我已經知道她不舒服的原因了，非立刻告訴她不可。」

於是惠寧和雅薇也跑到門邊，幫忙呼喊老闆娘，可是房門依然沒打開。明雪把手指放在脣邊，示意惠寧和雅薇安靜下來，側耳傾聽，裡面竟毫無聲息！

「我們這麼大聲，裡面竟然沒有反應，肯定有狀況……唉，不管了！」惠寧擔心老闆娘的安危，不顧一切試著轉動房門把手——幸好沒有上鎖！

三人衝進去一看，發現老闆娘倒在地上，陷入昏迷。

雅薇急得差點哭出來，直呼：「怎麼辦？」

「我去求救。」明雪沉穩的說，便跑到戶外信號較強處，用手機向外求援。

通話完畢後，她回到屋內通報：「李雄叔叔說他會聯絡直升機前來救援，我們先把老闆娘抬到空地去。」

惠寧急忙從床上抓了一條毯子，三人先合力把老太太抱到上面，接著抓住毯

叩
叩
叩
叩
叩
老闆娘不舒服，妳幹麼吵她？
我已經知道她不舒服的原因了，非立刻告訴她不可。
叩
叩
老闆娘？老闆娘？
噓—
點頭
靜—
毫無聲息！

子的四個角，把她抬到木屋旁的空地上。幸好這時雨停了，她們就在那兒等候直升機。

不久，天空那頭傳來噠噠聲響，還吹起好大一陣風——直升機來了。

機上跳下兩名醫護人員，立刻檢查老太太的情況，「不妙，患者心律不整，呼吸也不正常，得趕快飛回醫院……妳們也一起上來！」

降落在軍用機場時，已有一輛救護車在旁等候，老闆娘馬上被送到醫院，明雪她們也一起跟了進去。

待老太太被護士推走，三人這才發現自己還穿著浴袍，站在人來人往的醫院顯得十分突兀！

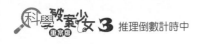

但惠寧沒空管這些，她急著問明雪：「現在可以告訴我們是怎麼回事了吧？」

明雪拿出剛才匆匆由洗衣機取出的衣服，用手摸了摸，發現還沒有全乾，只好繼續穿著浴袍，這才開口說明：「我想從老闆娘的描述中，大家都知道她被江湖郎中騙了，卻不知道那藥是什麼成分；有些假藥只是維他命，雖延誤治療時間，但沒有立即危險。我先把藥粉溶於水中，再與酒精混合燃燒，就是利用我們在化學課學過的焰色試驗法——不同金屬離子在火焰中燃燒，會出現不同顏色，像節慶時放煙火，就是利用這個原理，當然也可依此檢驗藥品成分。但剛才實驗時出現的淡紫色火焰，我從來沒見過，所以才跑到屋外打手機給鑑識專家張倩阿姨，向她形容老闆娘的症狀和焰色試驗的結果，令我吃驚的是，她說藥品中可能含有大量氯化銫……」

「嗨！」說到一半，突然有人在背後打了聲招呼，明雪嚇了一跳，回頭一看，原來是張倩。

張倩笑著接話：「我先補充妳的說明。淡紫色火焰應該是銫造成的，由於其他國家也曾出現類似案例，有些江湖郎中號稱氯化銫可以治療所有癌症，結果劑量太高，引發病人心律不整，差點喪命，所以我才判斷老闆娘的藥應該就是氯化銫。李雄警官通知直升機救援的同時，也要我到醫院採樣——剛才醫生已為老闆娘抽血，我利用醫院儀器檢驗，發現她血中的銫濃度是正常人的一萬倍以上，在急救過程中，她還一度停止呼吸，情況十分危急！幸好妳們機警，這才救了她一命。」

聽到這裡，惠寧鬆了一口氣，一會兒又憤憤罵道：「這種江湖郎中太可惡了！不趕快抓起來，不知要害死多少人！」

張倩拍拍她的肩說道：「放心，李雄警官正在找老闆娘的兒子昆恩，只要問出江湖郎中的資料，立刻就逮捕到案！」

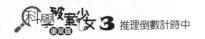

「阿姨，我還有個疑問……醫院那麼多人，妳怎麼找到我們的？」雅薇好奇的問。

張倩呵呵笑了出來：「嗯，我倒不是有意要找妳們，不過三位美女穿著浴袍站在醫院裡，實在太搶眼了，想不注意都難。」

語畢，三名小女生發現果然有好多人瞪著她們瞧，還竊竊私語，真是尷尬！

張倩繼續笑道：「妳們若以這模樣去搭公車，更會引起異樣眼光。快上我的車吧！我送妳們回家。」

明雪她們這才紅著臉，吶吶的道謝，乖乖跟在張倩身後離開醫院。

科學破案百科

如文中所述，某些金屬離子在燃燒時會出現不同顏色，「焰色試驗法」就是利用火焰顏色來辨別未知樣品中的物質成分。

實驗時，先將金屬鹽溶於水，再混入酒精中（不需太濃），製成酒精溶液。接著裝入噴霧瓶，朝火焰噴灑這些酒精溶液，便可觀察到各種金屬離子的焰色。所謂的金屬鹽種類很多，化學中亦稱為無機鹽，簡言之即是含金屬離子的鹽類，在日常生活中很常見；而一般的金屬鹽是由金屬陽離子和非金屬陰離子所組成，不同的金屬離子和非金屬離子則各有不同的應用；在溶液中，金屬鹽可以分離成──金屬離子和非金屬離子的形式。

利用前述原理，古人很早就發明了煙火，所以夜空中散發光彩奪目的火樹銀花，其實是不同金屬鹽類在高熱瞬間所綻放的光輝，例如鎂、鋇、鈉等。

除了鉋之外，下方表格是常見元素離子的焰色，括弧內則為其離子化學式。

金屬名稱	焰色
鋰（Li^+）	深紅色
鈉（Na^+）	黃色
鉀（K^+）	紫色
鎂（Mg^{2+}）	強烈白光
鈣（Ca^{2+}）	磚紅色
鍶（Sr^{2+}）	深紅色
鋇（Ba^{2+}）	黃綠色

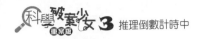

案件12

「啡」法藥物製造

今年春假，明雪一家人到五峰鄉山區度假。那是一間開在山頂的森林農場，同時兼營餐廳與民宿。由於風景優美，加上又近登山口，所以雖然山路極為崎嶇，卻仍然人滿為患，一房難求。

爸爸開了將近一個半小時的山路，才到達目的地，眼見滿山的八重櫻，地面綠草如茵，加上遠處峰頂的山嵐，真是美極了。

他們辦好住房手續，把行李搬進房間後，就到後面的森林步道走走。

第二天早上六點多，爸媽就一直催促兩個小孩快點起床盥洗。可是明安爬不起來，一直拖拖拉拉，直到六點半才睡眼惺忪的走出民宿大門。

戶外已經相當明亮，可是太陽尚未露臉。冷風一吹，有幾分寒意。

「好冷，我要回房去拿衣服。」明安這下清醒了。

爸爸說：「來不及了，太陽再幾分鐘就要出來。沒關係，開始走山路，你就會覺得熱了。」

一家人由後面山坡爬到高處，現場早有一排大砲型照相機在等候獵取美麗的鏡頭。就在他們抵達坡頂的同時，一道耀眼的金光由對面山頭射出。

大家驚呼一聲：「太陽出來了！」

明雪慶幸的說：「還好我們趕上了，要是錯過這麼美的畫面就太可惜了！」

這時候，媽媽發現明安早已凍得嘴脣發紫，身體也不斷發抖，急忙問他：「你怎麼啦？太冷嗎？」

明安點點頭，媽媽急忙帶他回到民宿穿衣服。

⌛ ⌛ ⌛ ⌛ ⌛

早餐後，他們又到後山森林中觀賞神木，直到約十點鐘左右，才整裝下山。

由於是原路下山，山路依然蜿蜒曲折，驚險萬分。爸爸不像昨天那麼緊張了，反而一邊聽著音樂，一邊開車。可是明安在車上開始咳嗽，坐在他旁邊的明雪用手探了探他的額頭，覺得滿燙的。

「媽，弟弟好像在發燒。」

「糟糕！大概感冒了。」媽媽擔心的說。

爸爸皺著眉說：「山區要找診所不容易呀！等一下路邊如果有藥房就先買個藥讓他吃，等回家再找熟識的醫生看診吧！」

不過山區裡連藥房都沒有，一直開到竹東鎮上才看到藥房，爸爸把車停在路邊，進到藥房買藥，明雪也跟了過去，媽媽則換到後座照顧明安。

雖然已接近中午，但小鎮的藥房顯然生意很冷清，店裡沒有點燈，一片漆黑。裡面走出一名穿藥師袍的中年男子。

爸爸向藥師說：「我要買能止咳退燒的感冒糖漿！」

「這些都是感冒糖漿，你要哪一種？」藥師拿了五、六種藥擺在玻璃櫥櫃上。

爸爸說：「我要不含可待因的。」

藥師笑了笑說：「現在市售的感冒藥其實已經都不用可待因了！」

於是爸爸放心的由玻璃櫥櫃上挑了一瓶感冒糖漿，並付了錢。

在等待找錢時，明雪問爸爸說：「為什麼你特別指明要不含可待因的藥呢？」

「可待因可用於止痛、止咳，治療拉肚子、高血壓及心肌衰竭，抗焦慮，也可以當鎮定劑、安眠藥……」

「哇！有這麼好用的藥，為什麼不用？」明雪驚訝的說。

藥師把該找的零錢遞給爸爸，並插嘴說：「妳知道嗎？可待因又叫『3—甲基嗎啡』，是一種天然存在於鴉片中的成分。」

「嗎啡？鴉片？這些不都是毒品嗎？」明雪一聽到這些名詞立刻神經緊繃。

「是呀！雖然可待因的成癮性在鴉片藥中算是較低的，但人體內經新陳代謝仍會產生一定份量的嗎啡，所以妳爸爸才會有所顧慮。從前的確有些感冒藥含可待因，但後來衛福部將可待因列為管制藥品，現在只要是國內合法藥廠製成的產品都不含可待因了，不必擔心！」聽到明雪的疑問，藥師接著說明。

這時候藥房門口傳來「碰」一聲巨響，似乎是車輛撞擊的聲音，明雪和爸爸對望了一眼，急忙拔腿跑出藥房外觀看，只見一輛白色貨車絕塵而去。

兩人跑到自家休旅車旁，問坐在車裡的媽媽和明安：「是被那輛貨車撞了嗎？人有沒有受傷？」

媽媽驚魂未定的說：「人沒怎樣，不過後面被撞了一下。」

爸爸到車子後面一瞧，只見車尾凹了一塊。

爸爸憤怒的說：「可惡，撞了我的車，還加速逃逸。」

明安本來人就不舒服，這下臉色更蒼白，咳得更厲害了。爸爸和明雪分別打開車門，坐進正副駕駛的位置。

「弟，先吃藥啦，看看人會不會舒服一點。」明雪把感冒糖漿遞給明安。

接著她轉頭對爸爸說：「我剛才有記下貨車的牌照號碼，我們可以到附近派出所報案。」

爸爸一聽，非常開心，馬上撥打手機報案，然後靜候警察前來。

等候的時間裡，明雪有一大堆問題要問：「爸，剛才聽你和藥師的說明，我才知道原來可待因是一種介於藥物與毒品之間的化合物，不知道還有沒有這一類的物質？」

爸爸說：「其實幾乎所有的毒品一開始都是藥物。人類從新石器時代就開始種植罌粟，作為食物及麻醉藥。將罌粟的乳汁乾燥後，可提煉出鴉片。蘇美人、亞述人及埃及人都廣泛使用鴉片作為止痛藥，讓外科手術能順利進行。鴉片裡含有12％的嗎啡，嗎啡又經常被製成另一種非法的藥物——海洛因。」

「原來這些毒品，是一系列相關的化合物啊！」明雪恍然大悟。

「不但如此，由鴉片演變到嗎啡、海洛因，毒性愈來愈強。但人類一開始並沒有察覺這些藥物帶來的害處，反而認為使用這些藥物可以帶來靈感，例如小說中描述的名偵探福爾摩斯，就有施打嗎啡及古柯鹼的習慣。」

「啊？福爾摩斯是個毒蟲？」明雪頓時感到偶像幻滅。

爸爸笑著說：「別太難過，小說設定的年代是在十九世紀下半葉，那時候施打嗎啡及古柯鹼尚未被判定為非法。嗎啡可以止痛，但可惜很容易使人上癮。為了製造出效果較好、毒性較小的止痛藥，在一八九八年，德國一家染料工廠，用嗎啡和乙酐反應，做出了二乙醯嗎啡和醋酸。在二十世紀初，人們很快就發現這種二乙醯嗎啡作為麻醉劑和鎮咳的效果，比嗎啡還要好，就以海洛因作為它的商標名稱，上市販售。當時很多醫生大力推薦這種新藥，可惜最後發現海洛因的成癮性竟然比嗎啡強，以致於許多國家都將持有、製造及運送此種藥物列為非法行為。」

這時候調查車禍的警察已經到了，是一對俊男美女。其中女警員負責拍照及丈量車禍現場，另一名男警員則找爸爸問話。

過了幾分鐘後，女警員完成丈量，對爸爸說：「這段道路沒有繪製紅線或黃線，你們可以停車，而且停車位置也沒有跨越中線。因此可以判定發生事故的責任在對方。」

男警員說：「我剛才用電腦查你們記下的車號，查出車主住在峨眉鄉，離這裡不太遠。這件車禍沒有人員受傷，主要是財務賠償的問題，我們可訂一個時間通知你們雙方來警局談判賠償事宜。」

「為了小小的擦撞，我們還要跑到竹東來談判啊？要是一次談不成，豈不是要來回好幾次？你可不可以把對方住址給我？反正峨眉鄉離這裡不遠，我今天就去談，如果談不成，再進行法律訴訟。」爸爸聽到還要跑這麼遠來談判，不禁有點猶豫。

男警員想了想表示：「乾脆這樣好了，我們現在要去通知對方他肇事逃逸的事已被告發，不如你們的車就跟在後面一起去，有話當面說清楚，如果能早早把案子做個了結最好。」

爸爸也覺得這樣最好，於是跟在警車後面開，大約走了十公里左右，就到達美麗的峨眉湖。湖面開闊，上面漂浮著一些紫色的布袋蓮，風景真是優美。

警車在離湖不遠的一間別墅前停了下來，爸爸也把車停在警車後面。別墅的造型非常漂亮，由一高一矮兩棟建築構成，門前還有水池，高的那棟有玻璃帷幕，矮的那棟卻連窗戶也沒有，但奇怪的是別墅裡竟然傳來陣陣刺鼻的酸味。透過鐵欄杆可以見到一輛白色貨車停在矮建築前面，而且牌照號碼正好符合明雪記下的車號。

明雪高興的大喊：「逮到了。」

兩名警員下了車後，打個手勢要明雪一家人留在車上，便走到大門前按門鈴。玻璃帷幕後面閃過幾個人影，向下張望後，緊張討論了一陣子，幾分鐘後才有一個骨瘦如柴的人前來開門。他很快走出門口，並迅速把門關上。

瘦子在和警察講話時，媽媽問：「什麼東西會發出這麼刺鼻的酸味啊？」

爸爸說：「我覺得這是醋酸的味道，實驗室的冰醋酸就是這個味道。」

「醋酸？可是醋不會那麼刺鼻呀！」媽媽又說。

明雪解釋說：「雖然醋酸是醋裡的主要成分，但因為我們吃的醋裡面大約只含百分之三至五的醋酸，所以不會像冰醋酸那麼刺鼻。」

瘦子跟警察說了幾句話後，就直接走到爸爸的汽車前，隔著窗子對爸爸說：「先生，對不起，是我的司機阿龍撞到你的車啦！他一時驚慌就跑了，回來有向我報告，已經被我罵了一頓。你的損失我賠你！要多少錢？」

爸爸打開車門，下車對他說：「我也不知道要多少，這樣好了，我們先簽個和解書，到時候車廠的估價單出來，我再通知你付錢就好了。」

瘦子皺著眉說：「這樣麻煩啦！我給你二十萬，夠不夠？」說著就掏出一疊鈔票遞給爸爸。

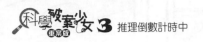

「應該不必這麼多……」爸爸有點不知所措。

「沒關係啦！反正錯在我們，這樣一次解決比較簡單啦！」對方硬把錢塞進

什麼東西會發出這麼刺鼻的酸味啊？
我覺得這是醋酸的味道，實驗室的冰醋酸就是這個味道。
醋酸？可是醋不會那麼刺鼻呀！
雖然醋酸是醋裡的主要成分，但因為我們吃的醋裡大約只含百分之三至五的醋酸，所以不會像冰醋酸那麼刺鼻。

爸爸手裡。

說完又對兩位警員說：「這樣沒事了吧？」說完走進別墅，把門關上。

女警員笑著對爸爸說：「想不到對方這麼乾脆！你們也不用擔心要再跑一趟了。」說完揮揮手，兩名警員就要走回車上。

「請問一下，這裡是工廠嗎？」明雪急忙下車，叫住兩名警察。

「應該不是吧！看來是有錢人的別墅，從剛才他出手那麼爽快，就知道真的是有錢人。」男警員仔細觀察了一下這兩棟建築。

女警員問：「小姐，妳為什麼這麼問？」

「首先，有錢人的別墅為什麼會飄出刺鼻的酸味？為什麼別墅裡的司機不是開轎車，而是開貨車？小擦撞為什麼不敢面對，要逃跑？等到被發現了，又急著給錢，有點太爽快，感覺似乎怕我們停留在這裡太久會發現什麼內幕似的。」

明雪有條不紊的說出自己的推理。

男警員想了想說：「有道理，不過這裡不是我們的轄區，我們要回去調資料出來查一下，如果有必要再申請搜索令。假如這棟別墅真的是地下工廠，就可能涉及逃漏稅及環境汙染等問題。」

明雪遲疑了一下，才說：「請仔細調查，而且要小心，萬一不只是地下工廠……」

女警員問：「妳到底在懷疑什麼呢？」

「也沒什麼，只是剛才和我爸聊天，提到由嗎啡製造海洛因的過程，會產生醋酸。又恰好聞到這間別墅傳出醋酸的味道，才會產生聯想，懷疑這棟別墅會不會是製造海洛因的工廠，只是猜測，我沒有進一步的證據啦！」

男警員說：「嗯，是有這種可能，據我所知，為了追查海洛因工廠，法國警方還特別訓練一批警犬，專門嗅聞醋酸味。總之，謝謝妳的細心提醒，我們會調查這棟別墅的疑點。」

⌛ ⌛ ⌛ ⌛ ⌛

返家之後，明安的感冒在兩三天之後就好了。爸爸的車做了鈑金和烤漆，只花了六萬多元。

這天晚上，一家人正在討論要不要把多餘的錢還回去，突然電視新聞報導了一則消息：「峨眉鄉破獲海洛因工廠」，畫面上正是那棟美麗的別墅。

爸爸感慨的說：「做壞事的人，到處躲躲藏藏。躲到鄉下開非法的毒品工廠，可是法網恢恢，疏而不漏，就憑一點刺鼻酸味，就讓我們家的小偵探揭穿了。」

科學破案百科

乙酸在常溫下是一種有強烈刺激性酸味的無色液體，也是食用醋中酸味及刺激性氣味的來源。乙酸的熔點為 16.5℃，沸點 118.1℃，純的乙酸在低於熔點時會凍結成冰狀晶體，所以無水乙酸又稱為冰醋酸。

乙酸是製備很多化合物時所需要使用的基本化學試劑，用途相當廣泛，其中包含電影膠片；另外冰醋酸會使用在染布的工作上。在食品工業方面，乙酸是一種酸度調節劑。雖然乙酸的沸點很高，不過高濃度的乙酸在溫度到達 39℃時，極有可能混合空氣導致爆炸，因此要小心使用。

案件13

「砷」入暴斃之冤

班長黃惠寧家裡最近新買了一套卡拉ＯＫ設備，她邀請全班去她們家歡唱。身為她的死黨之一，明雪當然一定要參加囉。

明雪喜歡唱歌，但其實不太喜歡在眾人面前唱歌，她覺得唱歌是為了讓自己心情快樂而唱，為什麼要當著大家的面唱？尤其是拿著麥克風唱更不自然。

所以她只顧著吃，除了惠寧的父母準備的點心之外，許多來唱歌的同學也都帶了一些零嘴，可以讓她大快朵頤。幸好機器一打開，就有一堆人搶麥克風，根本沒有人注意到她有沒有唱。

惠寧養的小狗阿肥是一隻博美犬，除了嘴部附近是白色的毛之外，身體其他部位都呈淺棕色，毛茸茸，胖嘟嘟（阿肥這個名字可不是亂叫的），十分可愛。阿肥對唱歌的那些人沒什麼興趣，倒是對明雪手上的食物很感興趣，一直歪著頭對著明雪瞧，最後明雪受不了牠可愛的模樣，只好把食物分給牠，並一把抱起牠。

當雅薇正唱起劉若英的〈Can't Stop〉時，卡拉ＯＫ突然沒聲音，電視畫面也消失了。

眾人驚呼：「怎麼回事？」

「雅薇，妳唱歌太大聲了，把麥克風燒掉了啦！」

「胡說！」

明雪放下阿肥，問惠寧說：「家裡有三用電表及螺絲起子嗎？」

「有。」惠寧立刻從櫃子裡拿出工具箱交給明雪。

「這個交給明雪就好，該我們去吃東西了吧！」眾人一看明雪準備動手檢修，笑著說：「我們本來還說明雪又不唱歌，來這裡做什麼，原來她就是為了幫我們修理電器。」

明雪不理會眾人的戲謔，先把音響及電視的插頭拔起，用電表量插座的電壓，發現是零，她只好進一步把整個插座上面的蓋板掀起來。一看之下，真令她頭皮發麻，不禁發出一聲尖叫。因為裡面布滿了竄動的白蟻，而且插座底下的木材全被蛀光，插座下陷，導致電線脫落，所以音響與電視才會停擺。

其他人聽到明雪的尖叫聲，也跑過來看，瞧見白蟻亂竄的景象，嘴裡有食物的人差點吐出來。

明雪用三角鉗夾住電線，小心翼翼的把鬆脫的電線插回插座孔中，並把插座恢復原狀。插上插頭之後，各項電器又恢復運作。

惠寧招呼大家：「謝謝明雪，我們大家再來唱吧！」

可是雅薇臉色蒼白的說：「對不起，我一想到電視下面有那麼多白蟻亂竄，就沒有心情唱下去了。」

其他人也都失了興致，東西也不吃，過不久，一個一個告辭走了。

明雪尷尬的說：「對不起，我不應該尖叫，引得大家看到那些白蟻。不過你們家的白蟻問題要快點處理，下次如果別處也發生這種電線鬆脫的現象，難保不會發生短路，引發電線走火。」

惠寧拍拍明雪的肩膀說：「怎麼會是妳的錯呢？妳那麼熱心主動修好電線鬆脫的問題，又發現白蟻窩的位置，我感謝都來不及了。」

惠寧急著打電話叫她爸回來處理白蟻窩，明雪最後再抱抱阿肥後，也告辭離開了。

⌛ ⌛ ⌛ ⌛ ⌛

星期一上學時，大家見到惠寧不免又問起白蟻的問題處理了沒。

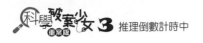

惠寧說：「當然非盡快處理不可，今天會有專門清除白蟻的公司到家裡除蟲。」

大夥看惠寧的表情，似乎不想討論這個話題，就不敢再問下去。

誰知星期二一大早，當明雪準備要上學時，卻突然接到惠寧的電話，她哭著說阿肥突然暴斃，爸媽交代她今天要處理阿肥的遺體，無法去上課，拜託明雪幫她請假。

明雪嚇了一跳，她深知惠寧非常疼阿肥，這件事對她一定是非常重大的打擊，所以她在上學途中，改道趕到惠寧家安慰她。

「告訴我怎麼回事？」明雪摟著惠寧的肩膀問。

「我昨天放學時，就發現阿肥不停嘔吐、拉肚子，而且非常疲倦的樣子，趕緊把牠送到獸醫院，醫師認為是吃到不新鮮的食物，所以開了一些胃腸藥給牠吃，誰知今天早上我起床時，卻發現阿肥已經死了。」

明雪心中立刻浮現許多疑問，是獸醫師開的藥有問題嗎？但是她又想到惠寧家昨天剛好進行清除白蟻的工程，會不會是阿肥誤食了殺白蟻的藥呢？

她立刻撥了手機給鑑識專家張倩，告訴她整個情況。

張倩顯然是由床上爬起來聽電話的，但仍然耐心的為她解說：「無論是獸醫師的誤診，或是噴灑白蟻藥不慎造成寵物狗死亡，我們警方都不會插手，也不可能動用警方的鑑識器材去檢驗狗的死因。寵物死亡不是刑事案件，而是民事賠償案件，還是請妳同學準備好證據，再到法院控告，由法官判定對方是否有過失，如果有過失，就可以請求賠償。」

明雪急忙說：「我知道，我不敢要求警方調查。只是我們現在漫無頭緒，要告也不知道要告誰，所以想請教阿姨，小狗這種突然暴斃的情形，可能是什麼原因造成的？」

張倩想了一下之後說：「依妳的描述，黃家昨天剛請人噴灑白蟻藥，當天晚上狗兒就中毒，我想有可能是廠商使用的藥物有毒，而且很可能是三氧化二砷。」

明雪嚇了一跳：「那不是砒霜嗎？」

「沒錯，砒霜是有名的毒藥，常作為殺蟲劑，急性砒霜中毒的人，症狀很像腸胃疾病，會嘔吐、腹痛及拉肚子等，醫生很容易誤判，雖然我不太懂動物的病理，不過妳同學那隻狗的中毒症狀與人類砒霜中毒的情況非常類似。」

掛斷電話後，明雪心中已經有了譜，但是張倩已經講明警方實驗室不能借用，要怎麼證明白蟻藥有毒呢？

「明雪，妳上學快遲到了啦！別忘了，還要到學校去幫我請假呢！」惠寧催促著明雪。

「等一下，妳拿一個乾淨的塑膠袋給我。」

「怎麼啦？」

「我要蒐證，我想在白蟻窩附近採集一些殘餘的粉末，到學校請化學老師教我檢驗砒霜的方法。」

「砒霜？可是廠商的宣傳單上說他們使用的藥劑是天然無毒的啊！所以我們才會打電話找他們」

明雪只能說：「只是猜測，但我會想辦法找出證據。」

她使用工具打開電視機後面的插座面板，已經看不到白蟻亂竄的情形，蛀蝕的木頭縫隙間有一坨一坨的白粉，死掉的蟻屍仍留在那裡。她覺得這家廠商做事太粗糙，大概沒想到還會有人打開來看，所以直接蓋上了事。

明雪迅速採集了一些白色粉末，裝進塑膠袋裡，離開前她對惠寧說：「妳等我電話，再決定怎麼處理。」

⌛ ⌛ ⌛ ⌛ ⌛

急性砒霜中毒的人，症狀很像腸胃疾病，會嘔吐、腹痛及拉肚子等，醫生很容易誤判。
怎麼啦？
我要蒐證，
我想在白蟻窩附近採集一些殘餘的粉末，
到學校請化學老師教我檢驗砒霜的方法。
砒霜？可是廠商的宣傳單上說他們使用的藥劑是天然無毒的啊！所以我們才會打電話找他們。
只是猜測，但我會想辦法找出證據。

她快步跑到學校，早自習已經結束，她直接到辦公室幫惠寧向導師請假，並把事情的來龍去脈說了一遍。

導師說：「第一堂課就是化學課，快上課了，妳快去吧。砒霜是有毒的東西，一定要有老師在一旁指導才可以進行實驗喔！」

明雪急忙趕到實驗室，班上同學早已準備要開始做實驗。明雪氣喘吁吁的衝進實驗室，開口就要求老師教她化驗砒霜的方法。

老師聽完她的陳述之後，對全班同學說：「我們高中的實驗室沒有什麼昂貴的儀器，不過我們倒是可以把十九世紀的一種老方法拿來使用一下，當時也沒有什麼精密的儀器可用。這種方法是由一位名叫馬西的英國化學家發明的，所需藥品及儀器很簡單，使用現在桌上現成的器材就夠了，你們想不想學？」

大家都說好，因為這種臨時加進來的實驗，總是比課本的實驗精采多了。

老師一邊準備實驗，一邊說起故事：「在一八三二年時，有一名罪犯名叫約翰・波多，因為涉嫌在祖父的咖啡裡加入砷而被起訴。當時馬西在皇家兵工廠任職，受檢方徵召，要檢驗證物是否含砷。馬西採用舊的檢驗方法，能把砷變成三硫化二砷黃色沉澱，這種沉澱物俗名叫雌黃。馬西檢查結果，果然出現黃色沉澱，證明含砷，但是卻無法長久保存，到了法庭上要呈給陪審團看時，黃色沉澱已經消失，變成無色溶液。陪審團因為沒看到黃色沉澱，不採信他的檢驗結果，而使波多被無罪釋放。事後波多承認他的確謀殺了祖父，令馬西既憤怒又挫折，決定研究出更好的檢驗方法，我現在就依照他發明的方法做給你們看。」

老師先在錐形瓶中置入鋅和稀硫酸，立刻冒出氣泡。

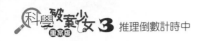

老師問：「你們知道這是什麼氣體嗎？」

全班大聲回答：「氫氣。」

老師點頭表示讚許，再把明雪採到的樣本放進去，然後迅速用一個附有玻璃管的活塞蓋住錐形瓶口，再將瓶底用酒精燈加熱後，請明雪用手搧玻璃管口的氣體來聞。

明雪皺著眉頭說：「有大蒜味。」

老師點頭說：「這樣就可以證明妳的採樣中含砷了，因為這是砒霜中的砷與氫氣反應產生胂氣，化學式是 AsH_3。」

接著老師用火點燃玻璃管口的氣體，然後拿瓷製蒸發皿的底部放在火焰上方，不久之後，白色蒸發皿上就出現少量銀黑色的沉積。

老師說：「胂氣在空氣中燃燒時，產生砷和水，這些沉積就是砷，不會輕易消失，比較能夠說服陪審團。這個試驗法稱為馬西試砷法，對偵測砷十分靈敏，可以測到0.02毫克的砷。」

老師雖然邊解說邊操作，但整個實驗過程不到幾分鐘就完成了，同學不禁鼓掌叫好。

「有了這個方法之後，用砒霜下毒的歹徒應該很快就能查出來了。」明雪感到很高興。

「沒錯，馬西試砷法提出後，第一次在刑案偵辦上大顯身手是在一八四〇年的法國拉法基案。拉法基是鑄造廠的老闆，但為人粗魯，居所骯髒不堪，他疑似被妻子瑪麗毒害。拉法基吃了瑪麗做的蛋糕後立即感到不舒服，醫生卻誤判為霍亂，並開了蛋酒作為藥方。但瑪麗為了殺死家中的老鼠，曾到藥房買砒霜。女僕也作證說，親眼目睹瑪麗把白色粉末混入他吃的蛋酒裡。經專家以正確方法進行馬西試砷法的結果，發現在蛋酒及死者體內都含有砷，所以瑪麗被判有罪，並判處終身監禁。這個案子爭議頗多，曾寫成小說，並拍成電影。自從馬西試砷法證實有效之後，用砷作為毒藥的謀殺案明顯減少，因為壞人知道下毒的方法會被查出來，就不敢再用這個方法害人了。」

明雪很振奮，她覺得這就是人生努力的目標，不斷想出破解犯罪的方法，使歹徒不敢再害人。

「好了，今天的演示實驗結束，各組開始進行原定的實驗課程。」老師大聲宣布。

明雪急忙跑到實驗室外，用手機打給惠寧：「我們已經證明由妳家採集的白蟻藥是砒霜，不是廠商宣稱的天然無毒藥劑。阿肥一定是不小心舔到白蟻藥而中毒，妳現在可以把阿肥的遺體送請獸醫院解剖，把牠的胃液送去化驗，一定可以驗出有砷。」

惠寧聽完之後，既驚恐又憤怒：「可惡！廠商以不實宣傳，讓我們疏於防備，導致阿肥中毒而死。我要請我爸控告他們，求取賠償。否則這種惡劣廠商繼續營業下去，將來不知道又會害死哪一家的毛小孩。」

科學破案百科

三氧化二砷（As_2O_3），俗稱「砒霜」，因為沒有氣味，又容易與食物和飲料混合，是最常被使用的毒藥之一，中毒症狀也很容易與霍亂混淆。在馬西發明此一試驗法之前，警方無法由中毒者身上追查此一毒藥。

卡爾・威廉・舍勒最早在 1775 年想出檢驗砷的方法，他把砒霜加入很稀的酸後，再和鋅混合，產生有大蒜味的胂氣（AsH_3）。由以下反應式中可看出鋅是還原劑，而砒霜是氧化劑：

$$As_2O_3\,(s)+6Zn(s)+12H^+(aq) \rightarrow 2AsH_3(g)+6Zn^{2+}(aq)+3H_2O(l)$$

馬西改進了這個方法，利用胂氣燃燒產生砷，使其在瓷碗（蒸發皿是瓷製，形狀像碗的實驗器材）上產生沉積，而且還可以由沉積斑點大小推斷砷的量。

砷不是只能當毒藥唷！它可以當木材防腐劑、殺蟲劑，現代人還發現它可以治療白血病。

案件 14

混濁與澄清的詐騙術

自然課，老師正在介紹呼吸作用。

「我們呼吸的時候，會吸入氧氣，呼出二氧化碳，要證明我們呼出的氣體中含有二氧化碳，可以使用澄清石灰水，因為澄清石灰水與二氧化碳反應後，會變混濁。現在我們來動手做這個實驗。」老師手上拿著一支試管，裡面正好是透明的液體。

接著老師在試管中放入一支玻璃管，然後問全班：「我現在手上的試管裡，裝的就是澄清石灰水。有誰自告奮勇，為全班演示人體呼出氣體與石灰水反應的情形。」

班上好多同學都爭先恐後的舉了手，明安和林大顯也搶著要上臺。很幸運的，老師點了明安上臺，其他沒被點到的同學不禁發出失望的嘆息聲。

明安興奮的跑上講臺，老師把試管交給他：「你對著玻璃管吹氣就對了。」

明安依老師的指示，用嘴含著玻璃管，向試管內慢慢吹氣，隨著氣泡不斷吹入石灰水，原本澄清的石灰水漸漸變得混濁。

同學不禁鼓掌叫好，明安把試管還給老師後，得意洋洋的回到座位。

大顯不屑的說：「有什麼了不起，我去吹還不是會變色！」

「你……」明安覺得大顯是故意潑他冷水，不禁動怒。

「石灰的化學成分是氧化鈣，溶於水之後，變成氫氧化鈣，但是它的溶解度不大，所以我們要放置過夜，等到它沉澱後，取上層澄清的溶液出來做實驗。當在石灰水中吹入二氧化碳時，水中會產生難溶於水的碳酸鈣，所以水溶液變混濁。」老師忙著解釋剛才這個反應的原理，卻發現大顯和明安仍舊爭論不休，立刻制止他們之間的衝突。

「其實大顯說得對，任何一個人呼出的氣體都有二氧化碳，所以任何人來做這個實驗都可以使石灰水變混濁。」

這次換成大顯得意洋洋的對明安抬了抬下巴。

老師繼續說：「不過每個人肺活量不同，有的人可以很快讓石灰水變混濁，有的人就比較慢。」

「你的肺活量一定沒有我大。」明安就藉機嗆了回去。

「誰說的？」大顯也不服氣，「不然我們來比一比。」

歐麗拉覺得今天老師講課的內容有點困難，什麼氧化鈣、碳酸鈣，弄得她頭昏腦脹，又見他們兩個男生幼稚的爭吵不休，害她更難專心，就建議老師：「乾脆讓他們兩個人比一比，輸的人就閉嘴，讓其他人好好上課。」

老師想了想，促狹的笑著說：「也好，那麼我就把手中這管已經變混濁的溶

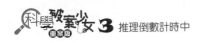

液分成兩支試管，再看明安和大顯誰能最快把手中的溶液再變澄清。」

「真的可以變回來嗎？」明安和大顯不約而同的問。

「當然可以啊！我們呼出的二氧化碳，如果大量溶入水中，就會形成碳酸，使水呈現酸性。水中難溶的固體碳酸鈣，遇到酸會變成可溶於水的碳酸氫鈣，這樣水溶液就恢復澄清了。」

老師一邊解說，一邊把手中的混濁溶液分成兩支試管，然後分別交給明安和大顯。

「現在你們一人拿一支玻璃管，聽老師口令，用力把氣吹進水溶液中，看看誰能最快把溶液變澄清。」

老師等兩人準備好了之後，大喊一聲：「開始！」

明安和大顯兩人就拚命往試管裡吹氣，班上同學也分成兩組，分別為他們兩人加油，氣氛十分熱烈，比賽中的兩人也更賣力的吹。

不過，似乎不像當初明安第一次實驗時那麼輕鬆，他們兩人吹到有氣無力，溶液仍然還是混濁的，漸漸的，連加油的人也累了，不再吶喊。

就在兩人吹到面紅耳赤、氣若游絲時，終於歐麗拉發現：「大顯那一管變澄清了，大顯贏了！」

大顯終於放開玻璃管，鬆了一口氣，卻累到笑不出來，明安也不再吹氣，靠在牆壁上喘氣。

老師笑著說：「以後誰上課吵鬧的，就罰他把澄清石灰水吹到混濁後，再吹到澄清。」

「老師，原來你是故意整我們的……」明安和大顯這時才恍然大悟。

老師點點頭表示：「你們兩個愛比較，就讓你們比個夠呀！」

放學後，悶悶不樂的明安回到家中。

晚餐時，爸媽發現他表情不對，便問他有什麼心事，明安老老實實把課堂上發生的事說出來。

「是你不對。」爸爸不假辭色的說：「上課不好好聽講，還跟同學爭吵。老師這樣做很好，不但懲罰了你們這兩個搗蛋的同學，同時也讓全班同學學到更多知識。」

明安沒想到，回到家又被訓了一頓，心情更加低落了。

媽媽拍拍他的肩膀說：「好啦！做錯事被處罰是應該的，別再難過了。明天是周末，爸爸和我打算到鶯歌去看姑婆，你要不要去？」

「當然要！」一想到可以吃到姑婆煮的菜，明安立刻忘掉一切的煩惱。

「我也要去。」明雪盤算了一下，星期一要交的作業不多，星期天再寫，應該來得及。

第二天中午，一家人來到鶯歌。姑婆果然煮了一桌菜請他們吃，這些菜都是姑婆在後院自己種的，香甜可口，大家吃得津津有味。

明安吃到肚子鼓鼓的，直呼：「好飽，好飽。」

姑婆說：「吃飽飯正好到後山走走，幫助消化啦！」

「你們大人去爬山就好，我們去隔壁找阿根伯。」明雪和明安想到剛吃飽飯就要爬山，實在太累了，急忙找個藉口。

阿根伯是姑婆家的鄰居，很疼愛明雪姊弟倆，加上之前阿根伯的錢差點被假道士騙走的案子裡，明雪及時拆穿騙局，才保住他的老本，從此以後，阿根伯和姊弟倆更加親密，每次他們到鶯歌，總要找阿根伯聊天。（詳見《科學破案少女【重案版】2無所遁形的實證》中〈案件九、詐欺鍊金術〉）

爸爸便說：「好，等我們下山再到阿根伯家找你們。」

姊弟倆聽到可以不必爬山，好像逃過一劫似的，立刻溜到阿根伯家。

阿根伯穿著厚厚的外套，手裡拿著枴杖正要出門，看到他們便說：「你們來啦？真不巧，我正要出門去聽巡迴醫療團賣藥。」

「巡迴醫療團？」姊弟倆不解。

「是啊！只要坐著聽就會贈送牙膏、肥皂，這附近很多老人閒來沒事，都會參加喔！」阿根伯邊說邊鎖好門往外走。

「跟不跟？」明安低聲問姊姊。

「跟啊！不跟就要爬山了。」

「阿根伯，我們也可以一起聽嗎？」於是兩人快步跟上。

「當然可以，人人有份，只要去聽的，都有贈品。像我老了，整天沒事做，去聽人說話，可以打發時間，又有贈品可拿。」

賣藥的現場在生鮮超市隔壁，位於馬路邊的一樓，走進玻璃門後，裡面擺滿了椅子，前面有個講臺，講臺邊有張桌子擺滿了藥品和贈品。有七成的座位都坐了人，每個人一進門就收到贈品，今天贈送的是小包洗衣粉。

眼看觀眾都坐定之後，就有一位身材削瘦、皮膚黝黑的男子走到臺上，拿起麥克風親切的問候長者，接著說：「本公司最近發明一種藥水可以檢查各位的身體是不是健康，只要一分鐘，立刻診斷出你身體的毛病。在座各位長輩，有沒有人要試試？」

由於沒有人回答，主持人便決定利誘：「第一位上來的長輩，我們贈送你一個臉盆。」

這時候，阿根伯突然站起身來，把明雪和明安嚇了一跳。

主持人把阿根伯請上臺，然後從桌子上一個水壺中倒了一些水到杯子裡，並放入一支吸管。

「阿伯，你用力向水中吹氣一分鐘，本公司發明的這種神奇藥水就可以診斷出你的身體有沒有毛病。」

阿根伯依言用吸管往杯裡吹氣，一分鐘後，杯中的水就變混濁了。臺下觀看的老人都驚呼連連，對這種神奇的現象議論紛紛。

主持人做出誇張的表情，大聲的說：「唉呀呀！你們看，才一分鐘，水就變髒了，可見你的體內有很多毒素。阿伯，你是不是經常腰痠背痛，感冒頭暈？」

阿根伯點點頭說：「對啊！你怎麼會知道？」

「看你呼出來的氣，毒素這麼多就知道啦！你想想看，這些毒素吹進水裡，水就變髒，如果流到你身體的各個器官，還能不生病嗎？」

「就是嘛！好可怕！」臺下的老人顯然感同身受。

明安拉拉姊姊的袖子，低聲的說：「姊，我知道他的詐騙手法喔！」

明雪笑著點點頭說：「我也知道。」

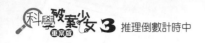

巡迴醫療團
I LIKE
MILKY
TEA

主持人又拉開嗓門說：「各位今天運氣好，才能參加本次的巡迴醫療團。本公司最新發明一種藥，恰好可以解除體內毒素。」說著他由桌上排列的藥中，取出一瓶藥水，打開瓶蓋後，稍做停頓。

「請注意看這種神奇新藥的解毒功能。」確認在場的每一雙眼睛都在看他之後，主持人將手中的藥水慢慢倒入混濁的水中，說也奇怪，原本混濁的水立即恢復澄清。

在場老人又是一陣驚呼。

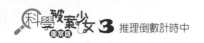

明安這時皺著眉說：「這一招我就看不懂了，我只會不斷吹氣，吹到面紅耳赤，混濁的水還是很難變澄清。」

明雪悄悄的說：「我知道他在玩什麼把戲，等一下他一定會乘機賣藥，我會想辦法阻止他，你出去打電話報警，順便到隔壁超市幫我買一瓶白醋，快去！」

明安不知道姊姊要白醋做什麼，不過他知道必須立即採取行動，於是一溜煙就跑出門外。

「你們看，本公司的藥這麼有效，你只要吃完一瓶，保證幫你消除體內毒素，今後都不生病。」這時候，主持人又對著臺下大吹大擂。

許多老人紛紛掏錢準備買藥，連原來沒打算要買的阿根伯在看到神奇的試驗之後，也不禁心動想要掏錢。

明雪一看，覺得事不宜遲，便大喊一聲：「等一下！」又接著說：「我也想測一下有沒有毒素。」

明雪急忙跳上臺去，對著麥克風說：「各位長輩，剛才主持人用實驗，證明他們公司的藥可以解除毒素。請各位先看我的另一項試驗，再決定要不要買他們的藥。」

這時所有老人都把拿錢的手縮了回去，並說：「看看這位小姐要做什麼試驗再說。」主持人只能尷尬的站在一旁。

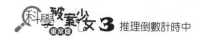

明雪先學主持人剛才的做法，從水壺中倒了一杯水，然後問主持人說：「你要不要吹吹看？」

主持人生氣的說：「不用，我都有吃公司的藥，不會有毒素。」

「那我只好拿自己作為檢驗對象囉！」

同樣的，在她吹氣約一分鐘之後，水也變混濁了。

仍然站在臺上的阿根伯懷疑的說：「明雪，妳還那麼年輕，體內就有那麼多毒素喔？」

主持人冷笑一聲說：「快向我買藥吧！算妳便宜一點。」

明雪看到明安已經買到白醋回來了，便說：「我不必用貴公司的藥水喔，我用普通的白醋就可以破解這種毒素。」

說著她接過白醋，展示給眾人看之後，當場打開瓶蓋，然後把醋慢慢倒入混濁的水中，說也奇怪，竟然和剛才一樣，混濁消失，恢復澄清。

「怎麼會這樣？白醋也有解毒效果喔？」現場沒有一個人弄得懂是怎麼回事，連明安都搔著頭，想不懂姊姊是怎麼辦到的。

明雪見警察到了，便壯起膽子，對所有老人說：「這杯水變髒，和毒素一點關係也沒有，這杯是石灰水，我們人呼出的氣體都會有二氧化碳，所以無論誰來吹都會變混濁。」

臺下老人你看我，我看你，沒有人聽懂明雪在說什麼。

倒是阿根伯了解明雪的意思，他大聲的解釋：「攏是騙人的啦！」

老人們聽懂了，咒罵著離去，警察也把一干騙徒押走，現場那些藥物也全當成證物沒收。

「姊，妳一定要教我，為什麼我吹了老半天，混濁的石灰水都很難變澄清，妳卻用一杯白醋就解決了？」明安不肯罷休。

明雪笑著說：「你們老師不是說了嗎？二氧化碳進入水中，會使水變酸。你

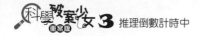

們吹氣的目的也不過是使水變酸而已，我用醋就解決啦！剛才那個騙徒的藥水一定也是酸性的啦！」

明安緊握手中的半瓶白醋，不懷好意的笑著說：「嘿嘿，星期一再去找大顯比賽。」

科學破案百科

石灰水中主要的成分是氫氧化鈣（$Ca(OH)_2$），遇到二氧化碳（CO_2）會變成碳酸鈣（$CaCO_3$）。因為碳酸鈣難溶於水，所以水溶液會變混濁。

如果繼續吹入二氧化碳，溶液 pH 值變小（石灰水的鹼性減弱），碳酸鈣變成可溶於水的碳酸氫鈣（$Ca(HCO_3)_2$），於是水溶液就恢復澄清了。

如果在混濁的石灰水中直接滴入酸，酸會與碳酸鈣反應，冒出二氧化碳氣體。等碳酸鈣作用完，溶液也同樣恢復澄清。這個反應和鹽酸滴在大理石地板上，會使地板冒泡的反應一樣。

案件15

曼陀羅之毒

爸爸近來經常抱怨飛蚊症愈來愈嚴重，眼前經常有黑點飛舞，最近那些黑點更惡化成黑色線條。好不容易等到寒假，終於有空了，爸爸預約到大醫院做個徹底的檢查。明雪要到學校上輔導課，而明安正好有空，便自告奮勇陪爸爸去。

醫生聽完爸爸描述的症狀之後說：「做個眼底檢查好了。我現在幫你點散瞳劑，然後你到外面等半個小時，時間一到，護士小姐會請你進來。」

說完便拿了一瓶眼藥水，幫爸爸的兩眼都點了藥，請爸爸壓住兩眼內角，到診療室外面的椅子上閉目休息。

「散瞳劑？好熟悉的名詞呀！我記得小時候，有近視傾向時，眼科醫師也是教我點散瞳劑，為什麼你現在檢查眼睛也點散瞳劑？」明安好奇的問爸爸。

爸爸坐在診療室的塑膠椅上，兩眼緊閉，回答他道：「你小時候，醫師開散瞳劑的目的，是要讓睫狀肌放鬆，減緩近視度數增加。而我現在點散瞳劑是為了讓瞳孔放大，方便醫師檢查眼底玻璃狀體及視網膜是否有病變。」

「喔！一種藥劑竟然有兩種不同用途。」明安頗感興趣。

反正閉著眼睛，什麼事也不能做，爸爸乾脆針對這個話題聊起來：「還不只如此呢！在文藝復興時代，當時的交際花為了讓她們的眼睛看起來比較大，故意用一種名為顛茄的植物，取它的汁液，滴入眼中，使她們的瞳孔放大，顛茄的學名中有個字叫「belladonna」，這個字拆開來，bella donna在義大利文中就是『美女』的意思，那是人類最早應用散瞳劑的記載。直到今天，我們仍然由顛茄中抽出一種名為顛茄鹼的物質作為散瞳劑，而顛茄鹼又稱為阿托平。」

明安驚訝的問：「什麼？為了漂亮而點散瞳劑？爸爸，你不是常常對我們說，藥物和毒物只是一線之隔嗎？這樣隨便用藥，對身體健康不會造成影響嗎？」

「你問到重點了。」爸爸說：「顛茄可說是毒性最強的植物之一，整株植物都含有莨菪烷生物鹼，阿托平就屬其中一種。阿托平是抗膽鹼劑的一種，會阻斷神經系統中乙醯膽鹼的作用。古代的羅馬人就用顛茄當成毒藥，或用它製成毒箭。傳說中，羅馬皇帝——克勞狄烏斯就是被他的妻子用顛茄毒死的，只是未獲證實……」

爸爸談得正高興時，護士小姐由診療室裡探出頭來說：「陳先生，可以進來做眼底檢查了。」

經過詳細檢查之後，醫生告訴爸爸，沒有什麼大礙，只是老化現象，但是眼壓有點高，要長期點降眼壓的藥水。

由於散瞳劑的藥效仍在，爸爸的視力模糊，又畏光，明安便攙扶著他，慢步走出醫院門口。

這時候，一輛救護車鳴著警笛，快速駛向醫院。

急診室門口早已站了一名護士在等候，救護車在開進來後，駕駛座跳下一名救護員，急急忙忙繞到車後掀開後車門，只見另一名救護員坐在車中，正在對一名老年男性進行急救。

駕車的救護員對著護士大喊：「快點接手，我們還要回頭救另一名婦女，地點很偏遠，必須爭取時間。」

「什麼？還有另一個人？」護士很驚訝。

「我們一開始也不知道，本來是太太撥的求救電話，說他先生用餐後不到一小時，突然撲倒在地。我們急急忙忙出動救護車，哪知到了報案地址，發現太太也陷入昏迷。我們只好先把先生送來，現在要趕忙回頭救那位老太太。」

護士問：「知道是什麼原因造成兩人昏迷的嗎？」

救護員一邊把病人抬下車，一邊回答：「不知道，像這樣一家人同時昏倒，通常是一氧化碳中毒，但是他們煮稀飯的爐火已經熄滅，大門也是打開的，不像是一氧化碳中毒。」

救護員把病人移到醫院的推床之後，護士在救護員的文件上簽字，就把病人推入急診室，兩名救護員則急急忙忙又啟動鳴笛，把車開進擁擠的街道上，急駛而去。

「夫妻兩人同時昏迷，又不是一氧化碳中毒，那會是什麼原因呢？」明安很好奇。

爸爸知道這件事又引起他這名小偵探的興趣了，笑著說：「你先陪我回家，再打電話去問李雄叔叔吧！」

明安回到家後，立刻打了電話給李雄。

李雄說：「夫妻倆都已送達醫院，由於兩人先後昏迷，症狀又相同，在排除一氧化碳中毒的可能性之後，醫院懷疑有人對他們下毒，已經通報這個案件，我正要到案發地址調查，你若有空，也來協助調查吧，你的觀察力一向很敏銳。」

有了參與辦案的機會，明安怎會放過？他放下電話就匆匆趕到李雄告訴他的地點——那是位於溫泉區的一處村舍，屋子四周有許多美麗的喇叭狀白花。

明安抵達時，大門開著，李雄正在屋內。明安走進去叫了聲叔叔，李雄點點頭，遞給他一雙橡膠手套。

「你看，這種鄉下房子，通風很好，而且爐火是熄滅的，不可能是一氧化碳中毒。」

明安戴上手套，大略觀察一下房子的結構，同意李雄的看法。這種鄉下老房子，是用木板釘成的，木板之間縫隙很多，所以過去人們就算在屋內燒煤炭或柴火，也不怕一氧化碳中毒。現在的房子因為採用密不通風的水泥當建材，所以關起門窗燒瓦斯，就會有中毒的危險。

明安想起這對夫婦是在用餐之後昏迷的，便注意觀察他們的餐桌，發現有兩副碗筷，碗中仍有稀飯的殘渣，顯然剛吃過稀飯，還來不及清理桌面，人就不舒服了。接著他又進入廚房，發現用來燒飯的爐子是傳統的大竈，竈底下沒有火，爐子是冷的，爐火早就已經熄滅。他掀開竈上的飯鍋，看見鍋底也仍留有未吃完的稀飯。

李雄在一旁說：「不知道是不是這一鍋稀飯被人下了毒？我已經取了一點粥，準備帶回去讓鑑識科的張倩化驗。」

明安有點氣餒，這一趟來，好像沒有幫上忙。無奈之餘，他抱著最後一絲希望去翻看竈旁的垃圾桶，發現一些黃色扁平狀半圓形顆粒，表面溼溼的，有些還和煮熟的米粒黏在一起。他突然想起，他在竈面上飯鍋旁，似乎看到同樣的顆粒，他回到竈前取了一粒，拿近眼睛一看，覺得很像植物的種子。為什麼這些植物的種子有些在竈上，有些在垃圾桶，在垃圾桶裡的有些還黏了米粒？

明安反覆思索了數分鐘之後，突然恍然大悟，跑到屋外，仔細觀察那些白花，發現枝條上有些綠色圓球形蒴果，上面有棘刺。明安發現有幾顆蒴果，顏色偏褐色，而且已經裂開，他便摘下一顆剝開來看，果然蒴果的種子和竈上找到的顆粒一模一樣。

他精神大振，立刻用智慧型手機對著那些白花、蒴果及種子拍了數張照片，然後撥了自然老師的電話。

「老師，我傳幾張植物的照片給你，請你告訴我那是什麼植物好嗎？」

「好啊！你利用假期研究植物啊？很難得喲！」

自然老師是植物專家，經常教他們認識校園裡的植物，希望他能認出這種花是什麼植物。

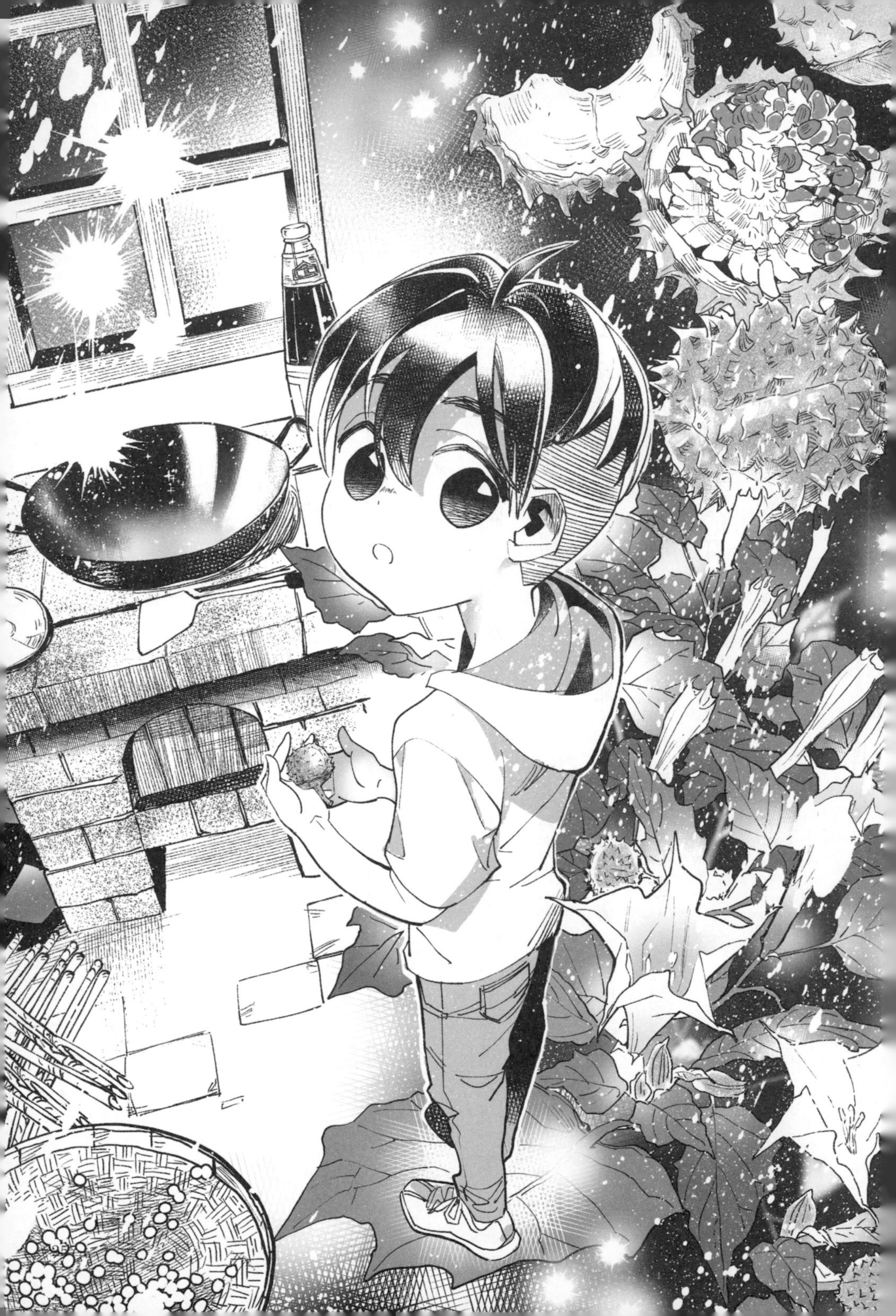

幾分鐘之後，老師回電了：「你拍到的是曼陀羅。」

哇，糗了！明安對植物一竅不通，本來以為只要老師提供答案，就可以真相大白的，沒想到自己對這種植物毫無概念，老師所提供的答案，似乎對破案毫無助益。

幸好手機有上網功能，他就把「曼陀羅」鍵入搜尋引擎裡，想不到跳出來許多相關的網頁，明安就挑了其中一個網站連上去。

曼陀羅，茄科……中國民間小說「七俠五義」之迷魂藥與「水滸傳」內的蒙汗藥均為曼陀羅，但是現在科學家已經知道，它含有毒的生物鹼莨菪（阿托平），如果誤食……將造成口乾舌燥、吞嚥困難、興奮、產生幻覺、昏昏欲睡、體溫升高、肌肉麻痺、呼吸系統麻痺等症狀……曼陀羅雖然有毒，但只要控制好用量，其莖葉也可當作減輕痛苦的麻醉劑及止痛藥。

嘩！真相大白！原來曼陀羅與顛茄同屬茄科植物，同樣含有與阿托平同類

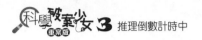

的有毒物質。

「我猜，這對夫婦在烹煮稀飯時，不知為何，加入了曼陀羅的種子，後來可能覺得不妥，又將煮好的種子撈出，棄置於垃圾桶中，然後把稀飯吃下，但是為時已晚。因為在熬稀飯的過程中，有毒的汁液已滲入稀飯中，所以夫婦兩人在用完餐後，陸續中毒昏迷。」明安急忙把他的發現告訴李雄。

李雄覺得這段推理與現場所見跡證十分吻合，便立即撥電話給醫院，告知病人可能誤食曼陀羅的汁液，希望醫生能對症下藥。同時他也採集了竈上及垃圾桶中的種子作為證物。

⌛ ⌛ ⌛ ⌛ ⌛

第二天早上，明雪不用上學，在客廳聽弟弟眉飛色舞的談起獨力破案的經過，對於自己因為要到學校上課，未能參與辦案，十分扼腕。不過對於破案關鍵的阿托平，她倒有些認識。

她告訴弟弟說：「謀殺女王阿嘉莎・克莉絲蒂，曾於第一次世界大戰期間，在醫院擔任藥劑師，從中學習各類毒藥的專業知識，並萌生撰寫推理小說的構想。所以她寫的偵探小說中運用了許多藥學的知識。例如《13個難題》中就有使用阿托平殺人的故事。一個瘋狂的老人因為偷聽到兒子要把他送到精神病院，竟然就把自己的眼藥水加到兒子喝水的杯子裡，把兒子毒死。」

明安搶著說：「我知道了，他用的眼藥水一定含有散瞳劑。」

「答對了！」明雪不得不稱讚弟弟，「以前你都是靠著敏銳的觀察力協助破案，這次你又結合了細膩的推理，再加上知識愈來愈豐富，將來一定會成為大偵探的。」

這時門鈴響了，原來是李雄帶了一對老夫婦前來拜訪，明安認出男的是昨天被救護車送到急診室那位。

李雄說：「恭喜小偵探立了大功！張倩檢驗了殘餘的稀飯，果然含有高劑量的阿托平，完全符合明安的推斷。今天他們是專程來向明安致謝的。」

等李雄和老夫婦坐定之後，明安問：「請問你們為什麼會把曼陀羅的種子加入稀飯裡？」

老先生說：「那些種子是我採收下來，放在竈旁乾燥，打算明年播種的。」

老太太尷尬的說：「是我不好，我看到竈上有種子，以為是我先生買回來要作為調味料用的，就灑了一些進去熬粥。後來因為我先生發現粥裡有種子，知道我弄錯了，就教我把種子撈出來。」

老先生說：「我們以為只要把種子撈出來就沒事，誰知道吃完稀飯沒多久，兩個人都覺得不舒服，接著我就倒下了。」

「幸好小弟弟能找出我們中毒的原因，醫生才能迅速治癒我們。」老夫婦又再次道謝。

「還是醫生比較厲害，一聽到我們找出病人中的毒是阿托平之後，就能找出解藥，這些藥學知識我就不懂。」明安謙虛的說。

明雪笑著說：「其實在剛才我提到的那本偵探小說《13個難題》中，就可以找到阿托平的解藥喔！用來治療青光眼或高眼壓的眼藥水中，可能就含有一種名叫毛果芸香鹼的成分，它正好就是阿托平的解藥啊！」

「妳是說，一種眼藥的毒性可以用另一種眼藥破解？」明安聽得目瞪口呆。

「沒錯！毛果芸香鹼本身也是一種毒藥，但它和阿托平的作用正好可以互相破解，古人說的『以毒攻毒』，一點都沒錯。」

明安振奮的說：「藥學好有趣，我以後要多多吸收這方面的知識。」

坐在一旁的三名大人不禁說：「這麼一來，你的推理功力一定會更加增強，將來必定能成為大偵探。」

科學破案百科

許多救人的藥劑本身都是由毒藥製成，例如本文中提到的阿托平，本身有毒，會使人心跳過快、頭昏、噁心、視力模糊、失去平衡、瞳孔放大、畏光、口乾舌燥，嚴重時會昏迷，用量過多時，甚至會死亡。但若善加利用，則可以作為眼科用的散瞳劑及治療弱視，或在內科治療心跳過慢，抑制唾液分泌。

毛果芸香鹼本身也有毒，會造成瞳孔縮小、過度出汗、唾液過多、心搏舒緩及腹瀉。但若善加利用，則可以治療青光眼或口乾症。

你發現了嗎？這兩種毒藥的作用恰好相反，所以可以互相破解對方的毒性，成為以毒攻毒的最佳實例。

國家圖書館出版品預行編目資料

科學破案少女(重案版). 3, 推理倒數計時中/陳偉民著.
-- 初版. -- 臺北市 : 幼獅文化事業股份有限公司, 2024.06
面 ; 公分. -- (科普館 ; 19)
ISBN 978-986-449-310-4(平裝)

1.CST: 科學 2.CST: 通俗作品

863.59 112019020

・科普館019・

科學破案少女 重案版3 推理倒數計時中

作　　者＝陳偉民
繪　　者＝LONLON
出 版 者＝幼獅文化事業股份有限公司
發 行 人＝葛永光
總 經 理＝洪明輝
總 編 輯＝楊惠晴
主　　編＝白宜平
美術編輯＝李祥銘
總 公 司＝10045臺北市重慶南路1段66-1號3樓
電　　話＝(02)2311-2832
傳　　真＝(02)2311-5368
郵政劃撥＝00033368

印　刷＝崇寶彩藝印刷股份有限公司
定　價＝320元
港　幣＝106元
初　版＝2024.06
二　刷＝2024.08
書　號＝936063

幼獅樂讀網
http://www.youth.com.tw
幼獅購物網
http://shopping.youth.com.tw
e-mail:customer@youth.com.tw

行政院新聞局核准登記證局版臺業字第0143號

※本書為《大家來破案》系列改版再製！※

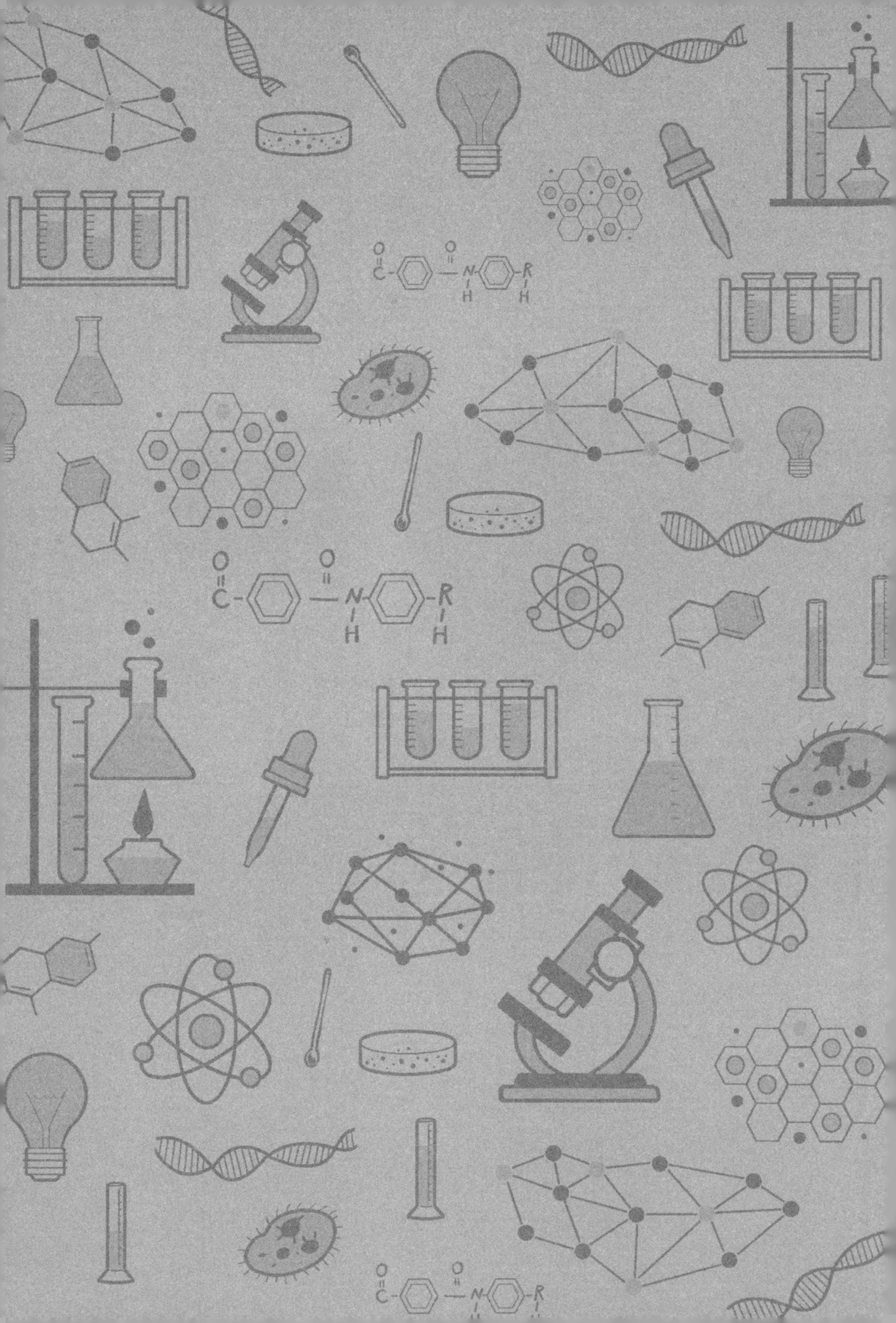